BUNKEI JOSHI, tokidoki ZEKKYO JOSHI

文系女子（ラノベガール）、ときどき絶叫女子（パンクガール）。

[著]ハマカズシ　[イラスト]ねめ猫⑥

HAMAKAZUSHI & nemeneko06 PRESENTS

Novel Light

SET LIST

BUNKEI JOSHI,
tokidoki ZEKKYO JOSHI

HAMAKAZUSHI & nemeneko06 PRESENTS

Light

〈構成員〉MEMBER

サキュバス
——堕とし手。サークルを破壊する者。

謎のテイルレッド
——装い手。可愛く着飾る者。

田中京子【たなかきょうこ】
——弾き手。パンクに生きる者。

早乙女青春【さおとめあおはる】
——読み手。ラノベを愛する者。

HAMAKAZUSHI &
nemeneko06 PRESENTS

早乙女青春（さおとめあおはる）。

青春と書いて「アオハル」。これが私の名前。

こんな華やかで希望に満ちた名前だけど、私は大人しくて遠慮がちな高校二年生。謙虚でいるのは大事よね。いつも一人で本を読んで、空想の世界に耽（ふけ）っているの。

文学少女っていうのかな。本があればもう何もいらないって感じ？

特に最近はライトノベルが大好き。

ラブコメ、ファンタジー、ＳＦ、ミステリ……。様々なジャンルの物語の中には、私が手に入れることのできない青春が詰まっている。

特にガガガ文庫がお気に入りで、「俺ガイル」との出会いが私の人生を変えてくれたんだ。

今日も一学期の期末テストが終わって、読書をするためにお気に入りの河原へやってきた。

ここはちょうど陸橋の下で日陰になっているから、こんな夏の日でも涼しいんだよね。

クラスメイトは打ち上げでカラオケに行ったみたいだけど、私には関係のない話。

ううん、寂しいわけじゃないの。そもそも読書は一人でするものだし。ほら、周りを見て。

赤や白、いろんな花が咲いてるでしょ？　草いきれがする。鳥たちも歌ってる。

こんな自然に囲まれて本を読んでいる私は、一人じゃないから。

青春なんて名前だから小さなころはいろんな人に「かわいい名前だね」って褒められて、ちょっと勘違いしてアイドルを目指したこともあった。

歌とダンスの練習に明け暮れ、これが青春だって思ってたけど、アイドルは私の肌には合わなかったっていうか？　もう未練もないし、今では大切な思い出なの。

それからは一人で読書をするのが私のライフスタイル。

今日も平穏な放課後を楽しむの。河原にレジャーシートを敷いて、お気に入りのラノベを鞄（かばん）から取り出す。読書のお供は水筒の紅茶とクッキー。

至福の時間を楽しんでいると、川の向こうから電車が走ってくる音が聞こえてきた。

「あ、いけない！」

私は急いで立ち上がり、大きく息を吸い込む。

電車が頭上を通り過ぎようとする、その一瞬に狙いを定め――。

「私もカラオケ行きたかったわぁぁぁ――――！」

それは魂の絶叫だった。

私の叫びは、頭上を走る電車の轟音（ごうおん）にかき消される。

「早乙女さんは一人が好きそうだし、じゃねぇよ！　それ聞いて私は一人寂しく震えてたわ！」

今日の電車は十両なのでまだまだいける。私の絶叫は止まらない。

「カラオケ行ったところでノリについていけずに、誰も知らないアニソン歌って空気凍らせちゃうんだけどねぇぇぇぇ――――！」

まだいける？　もう一発、間に合う？

「私だって好きでぼっちやってるわけじゃないんだよ！　できるもんなら青春したいよ！　青春、したいよぉぉぉ――――！」

私の絶叫が終わるのが先か、電車が通り過ぎるのが先か。まもなく静かな河原の風景に戻る。青い空は変わりなく、水面もおだやか、逃げ出した鳥たちも戻ってきた。おかえり、私の楽園。

「ふぅ。すっきりした。さ、読書しよ」

浄化されてすっかりきれいになった私は、河原に座ってラノベを読み始める。紅茶に蜂蜜を入れましょうね。ああ、甘くて落ち着く……。

これが私のアナザースカイ。放課後、この河原で日々の不満をぶちまけるのが私の日課。

ぼっち生活していると、言いたいことも言えないことがどんどん溜まり続けるからね。豹(ひょう)変(へん)とか言わないで、ＴＰＯだから。

すべてはこの名前のせいだ。こんな名前のせいで勘違いをして、子どもの頃はアイドルを夢見て、勝手に挫折した。

あのときから私はこじらせてしまったんだ。

青春なんて大嫌い。だから私はぼっちでいい。

陰キャと言われようが平穏に生きていく。カラオケに誘われなくても、全然平気。ほんと大丈夫だから。嘘じゃないし。マジだって！

「私にはガガガがあるから大丈夫だし」

迷いそうになる自分に言い聞かせるように、静かな河原で普通に叫んでしまう。

そのときだった。

「ねえ！　ちょっとー！」

いきなり背後から声をかけられ、びくっと背筋が硬直した。

心臓が飛び跳ねるのを抑えつつ振り返ると、土手の上に一人の女子が立っていた。夕日が逆光になっていてその表情までは見えなかったが、私と同じ元町高校の制服を着ていた。

「今、ガガガって言った？　あなた、ガガガ好きなの？」

叫んだところを聞かれてしまったみたい……。この子、ガガガを知ってるの？

「あたし、田中京子」

夕日のスポットライトを一人で浴びながら名乗る少女。それは待ち望んでいた救世主か、世界を破滅に導く悪魔か――。

これはライトノベルのプロローグのようで、あるいは楽曲のイントロのような、ここから何かとんでもないことが始まるような、そんな予感がしたんだ。

ノベル
Novel Light
BUNKEI JOSHI, tokidoki ZEKKYO JOSHI

文系女子、
ラノベガール
ときどき
絶叫女子。
パンクガール
[著]ハマカズシ
[イラスト]ねめ猫⑥
HAMAKAZUSHI &
nemeneko06 PRESENTS

「入って。私の部屋！」

ガラッとドアを開けて、田中京子を私の部屋に通す。

「お邪魔しまーす」

京子は遠慮するそぶりも見せずに、軽いノリで部屋に入る。首にはヘッドホンをかけたまま、明るい髪がふわっと揺れて私の部屋では発生しないいい香りがした。

自分の部屋に家族以外を入れることは初めてだった。アイドルを諦め青春に挫折して以来、友だちなんかできたことがなかったし。こちとらぼっちには年季が入っている。

「へぇ、すごい本の数ね」

京子は部屋に入った途端、感心するような声を漏らした。

よくぞお気づきになられたと、私も鼻を高くする。

「そうかな？　普通と思うよ……。へへへ」

謙遜するが、誇らしくて変な笑い声が漏れてしまった。

私の部屋は必要なものを並べただけの殺風景なものだった。ただ、壁には大きな本棚があって、そこには溢れるほどの本が並んでいる。そのほとんどがラノベだった。特にガガガ文庫のラインナップは自慢で、その一画だけは青い壁ができていた。

京子もその威光に惹かれたのか、その青い壁の前で立ったまま動かなくなっていた。

「まあ、特にガガガは好きだから。これくらいはね」

どうやら京子もこのガガガ文庫の充実具合に感動してくれたみたいで、私もドヤ顔一閃(いっせん)。

「ガ、ガガガ……」

京子は一番目立つ場所に並んでいた「俺ガイル」を手に取りパラパラとめくり始めた。

ちなみに「俺ガイル」とは「やはり俺の青春ラブコメはまちがっている。」というガガガ文庫の看板ラノベ。私をラノベ沼に落としたのがこの本だ。

「ガガガ文庫……」

私のコレクションに圧倒されたのか、京子は本棚と手元の「俺ガイル」を何度も順番に見ながら小さな声で呟いている。

もう、焦っちゃって。このガガガの青い壁を見たらそうなるよね。お茶でも出してからゆっくり語ろうかと思ったんだけど、仕方ないなぁ。私も我慢してたから、ちょっとだけ……。

すっと息を吸い込み、領域展開。

「私は中一のときにその『俺ガイル』を読んで、完全にはまっちゃって。冒頭の作文を読んで、八幡(はちまん)って私の分身じゃないかって思ったの。めっちゃ代弁してくれるじゃんって！　もう神です、神。比企谷(ひきがや)八幡マジ神。そこから外伝含めて全18巻？　一気読みで、もう止まらなくて。そこからアニメも見たし。円盤だけど。リアタイできなかったことだけが心残り。もう少し早くガガガ文庫と出会ってたらって。たまに古参オタがマウント取ってくるじゃない？　『私は一巻の初版初期帯を持ってますけど』的な？　でも、ファンになった早さって関係ないと思うの。大事なのは、その作品に対する熱さをどうやって維持し続けるかってことだし。その点、私は負けてないから。今でも舞台になってる千葉には定期的に参拝してるし。そうそう、ガガガ文庫って日本各地を舞台にした作品が多いから聖地巡礼が捗るんだよね。これってファンの活動に幅ができて、やりがいに繋がるというか？　今は福井県にも行きたいなーって計画してるとこ。そういえばガガガ文庫の作家さんたちって、すごく面白いの。SNSに感想投稿したら、秒でいいねしてくれるし。こういうところ、ガガガ文庫のいいところだよね。で、京子のガガガ文庫との出会いはいつ？　どこで？　推しは？　コポォ」

ここまで一息、私はまくしたてるようにガガガ文庫への愛を語った。最後になんか肺の奥から変な音がしたけど、気のせいかしら？

「ガガガ、文庫……」

京子は「俺ガイル」を持ったまま、幽鬼のようにガガガと繰り返している。

「いや、青春。もしかしてさ……」

「まあいったん落ち着こう。あ、落ち着くのは私のほうか！　へへへ」

オタクモードに入った私はすっかり饒舌になっている。今日も学校ではほとんど喋っていなかったので、その反動もあった。それに相手がガガガ好きとなったら、もう止まらない。

「座ってて。飲み物、持ってくるね」

逸る京子を両手で押さえて、私は再び部屋を出て階段を駆け下りる。

今日は長くなりそうだぞと、私は心が躍っていた。

だって初めて会ったガガ好きなんだもん。

「ああ、楽しい……。楽しすぎて震えちゃう！」

もう心の声まではみ出ちゃうほど、私は浮かれていた。

さて。さっきまで河原でぼっちの崇高さを語っていた私なのに、なぜ出会ったばかりの田中京子が私の部屋にいて、一緒に仲良くガガ文庫愛を語ろうとしているのか？

私と京子が出会ったあの瞬間から、すべてが始まっていた。


部屋に来る前、あの河原でのこと。

「あなた、ガガガ好きなの？」

土手の上から話しかけてくる女子高生。私の頭の中はパニックで、しかし悟られぬように平静を装うのに必死だった。気を抜くと膝の力が抜けてへたり込みそう。

いつからそこにいたんだろう？　私の絶叫が聞かれてた？

「あたし、田中京子」

いきなりその女子は名乗り、そのまま最短距離で土手を下りてくる。腰まで生えた草をものともせずに。

その間も私は一歩も動けずに、蛇に睨(にら)まれた蛙状態でただ立ち尽くしていた。

近づく彼女はやはり同じ元町(もとまち)高校の制服で、リボンの色を見ると同じ二年生。髪も染めて、首にはヘッドホン。スカートは私の半分くらい短いし、足も細い。

この人、天然のリア充だ……。

「で、あなたは？」

ぴたっと私の目の前に立つと、くいっと口角を上げてほほ笑んでくる。

しかし私はこの陽キャ仕草に対応しきれずに、すっと俯(うつむ)く。

「早乙女(さおとめ)、青春(あおはる)です……」

言われるがまま名乗ってしまったものの、軽率だった。

これまでもこの名前を言うと笑われるのが常だった。幼いころはかわいいとおだてられていたけど、今や地味な私にはコンプレックスでしかない名前だから。

「いい名前だね！」

「え、ほんとですか？」

想像とは反対の反応に、私はさっと顔を上げる。

名前を褒められたのは久しぶりすぎて、体が熱くなってくる。

「嘘なんて言うわけないよ。かわいいし似合ってる。……青春って呼んでいい？」

そう言う彼女の笑顔がまぶしすぎて、思わず私は溶けそうになる。

「あ、はい。ありがとうございます……」

妙な状況での自己紹介だけど、私はひとまずお礼を言う。礼儀は大事だからね。

「で、青春はガガガ好きなの？　さっき、聞こえちゃった」

「ガ、ガガ……？」

陰キャとは元来警戒心の高い生き物だ。パーソナルスペースが非常に広く、電車でも見知らぬ人に挟まれることを嫌がり、できるだけ端っこの席にしか座りたがらない習性がある。

でも「ガガガ」という一言が出て、その警戒心が一気に緩んでいくのを感じる。

これまで教室でガガガ文庫を読んでいても、青チャートと間違われることはあったけどラノベに興味を示してくれる人はいなかったから。

「まあ、一応……。それがどうしましたか？」

突然に土手の上から現れたこの女子に、私は少なからず気を許してしまった。

「やっぱり！　青春、元高の二年だよね？」

その女の子の笑顔が、さらに解像度が上がる。ダメ、もう私の網膜(もうまく)では捉えきれない。

「に、二年七組ですね。元町高校の……」

私もにちゃあっと全力の笑顔で返す。

「だよね？　あたし一組。まさか同じ高校で、ガガガ好きに出会えるとは思ってもいなかったよ。あんまりそういうの好きそうな子、いないから」

「わ、私もです。誰にも言えなくて……」

「そそ。ちょっと言いにくいよね、正直。知らないって言われるとショックだし」

田中(たなか)さんは恥ずかしそうに笑い、頬(ほお)を人差し指で掻いた。

こんなリア充っぽい子でもそんなこと思うんだ。私も死ぬほど同意して、親近感を覚える。

ラノベは知ってても、なかなかレーベルまで理解してる人はいないもんね。

「ところでさ、さっきからなんで敬語？　同い年でしょ？」

今度は目を細めてくすっと笑う。笑い方のバリエーションの豊富さよ。気持ち悪い笑い方しかできない私とは大きな違い。

「あ、はい。こういうのに慣れてなくて……」

「タメでいいよ。あたしのことも京子(きょうこ)って呼んで」

「よ、呼び捨てなんて滅相もない……。私みたいなものが、そのような無礼なこと……」

両手をばたつかせて、土下座する勢いで頭を下げる。

「何よそれ、ウケる！　青春(あおはる)って武士とかそういうの？」

武士と陰キャは礼節を重んじるからね。かたじけない……。

「そんな下の名前で呼び合うとか、友だちみたいじゃないですか……」

「えー。もう友だちじゃん？」

友だち……。

その言葉に私はぱぁっと顔が熱くなる。燃えてない？

「ね？　遠慮しないでよ、青春」

「はい。あ、うん、わかり、わかった……」

「ほんとタメ語下手だねー」

田中さんは私の肩をぽんと叩く。

この気軽なボディタッチとか、初対面の相手への距離の取り方とか激強コミュ力、田中さんは絵に描いたようなリア充だ。きっと学校でも友だちが多いんだろうな。

一方で陰キャの私は初めての人や物、場所や経験が極めて苦手なんだ。今も正気を保って逃げずにいられるのは、この「ガガガ」という三文字のおかげだ。

「あ、田中さんもガガガが好きなんですよね？」

「もっちろん。てか敬語！」

「あ、うん……。　京子、さん？」

「京子でいいって、もう」

「きょ、京子も、ガガガが好きなの？」

慣れないタメ語に四苦八苦。グーグル翻訳（敬語→タメ語）ってなかったっけ？

「ほら、これ見て」

京子(きょうこ)はポケットからスマホを取りだし、画面をこちらに向ける。そこに映っていたのは。

「あ、『ノベルライト』……！」

「今聴いてたとこなんだ。まじでエモいよねこの曲！」

シャカシャカと、彼女のヘッドホンから漏(も)れる音に、今さら気づく。

ついこの間、ガガガ文庫がとあるバンドとコラボをしたんだ。前代未聞のラノベとバンドのコラボ。その曲がこの「ノベルライト」だった。

普段はあんまり音楽を聴かないけど、これがいい曲なんだ。まだ見ぬ未来を見つけようとする歌詞は、私の想像力をかきたててくれる。私もダウンロードして読書の合間によく聴いている。

京子もガガガ文庫のコラボまでちゃんとチェックしてたんだ。これは本物のファンね……。

「これ聴いて歩いてたら、なんか『ガガガ』って聞こえて。そしたら青春(あおはる)がここでなんか叫んでたから」

やっぱり聞かれてた……。ていうかヘッドホンしてても聞こえるくらい大きな声だったの？　これからはもっと気をつけなきゃと気を引き締めつつ、そのミスがこんな偶然を生み出してくれたのだから感謝するしかない。

「なんかすごい偶然だなって思って、声かけちゃった」

京子の何気ない言葉に、私の中のラブコメスイッチがカチリとONになった。

放課後、河原、ガガガ……。これはもう偶然なんかじゃなく。

「う、運命だよ！」

私はテンションマックスで、京子の手を握り締めた。

私の中で錆びついて回らなかった運命の歯車が、がちゃっとはまった気がした。

ガガガがきっかけで、私の運命が動きだそうとしている。

「も、もしよかったら……、その、ううううう、うち来て話さない？　あ、もしよかったらでいいんですけど！　せっかくですから、せっかくだし！」

京子から友だちと言われて、下の名前で呼び合って、私は興奮していた。

だってガガガ文庫好きに会うのは初めてだったから。超ドラマチックな展開だし？　青春ドラマの第一話みたいだし？

「こんなところ電車も通ってうるさいし、草も生えてて虫もいるの。超自然って感じで落ち着かないでしょ？」

この自然が一番落ち着くとか言ってたの、訂正します。時と場合によります。

「うちって、青春の家？」

「そうです。ぜひ、お越しください！」

と、京子の手をグイッと引っ張り、家へ連れていこうとする。

「ちょちょ、青春（あおはる）って強引なタイプ？」

「好きなことにはゴーイングマイウェイなんです」

「いや、そのゴーインじゃなくって……。ま、いっか」

京子（きょうこ）は呆れたようで、嬉（うれ）しそうだった。私はもっともっともっと、嬉しかった。

そうして気がついたら京子を自宅へと連れ込んでいた。


そして再び私の家。

キッチンで紅茶を入れながら、さっきはちょっとやりすぎたかなと一人反省会を開いていた。陰キャの反省のスピード、疾風（しっぷう）の如く。

私の自慢の青い壁（本棚のガガガ文庫ゾーン）を見た京子に、いきなり私とガガガ文庫の出会いを語ってしまった。超早口で。

趣味が合うからといって初対面からフルスロットルでオタ話をぶっこむのは死亡フラグじゃなかったっけ？

テンションが上がってはしゃぎすぎるのはオタクのタブー。ここは急がずに慎重に、空気を読んで親交を温めていかなきゃ……。

「気をつけよう……」

しっかり自戒を胸に刻み、紅茶を持って階段を上る。

「お、おまたせ」

部屋に入ると、京子は座布団に座ってラノベを読んでいた。いや、読んでいるというにはページをめくる手が早い。

このスピード、私よりラノベスキルが高い？　なかなかのラノベ読みのようね……。

「その技、どこで習得したの？」

「え、なんのこと？」

ラノベのことになったらつい対抗意識をむき出しにしてしまう私。

「あ、なんでもないの。あ、これ紅茶です」

「あ、ありがと」

ラノベを読む京子は、さっき河原で出会ったときとは違ってどこか落ち着かないようだった。

紅茶を一口飲んで、そんな彼女をちらっと観察する。

ぱっちりとした切れ長の目は、私の目の二倍くらい大きい。鼻もすらっと、耳にはピアス、髪は茶髪でキュート。すべてが整いすぎていて、めっちゃかわいい。

こうやって見てるだけで私のほうが緊張してドキドキしてくる。

「で、京子はいつからガガを読むようになったの？」

自分の部屋なので多少気が大きくなっている私は、会話を回し始める。

さっきは私だけガガガ遍歴を語っちゃったから京子の話も聞いてあげなくちゃ。コミュニケーションの基本は会話のキャッチボールだもんね。

「いや、その話なんだけどね……」

「私はもともと読書は好きだったんだけど、ラノベを読み始めたのは中学のときくらいなんだ。京子は最初は何を読んだの？」

「青春、実は……」

「私は『俺ガイル』なんだけど、秋葉原の書店で表紙の雪乃と目が合った気がして運命を感じちゃって」

「あのね……」

「そこで全冊大人買い。持って帰るの大変だったなー」

「ちょっと青春！　聞いて？」

「やっぱすべてのセリフが刺さるっていうか……。ん？」

なにやら京子が真剣な表情で私を見ていた。

いけない、また私ばっかり喋ってた……。さっきの反省会はなんだったの？

「あ、ごめんなさい。つい、推しの話になると、止まらなくなっちゃって……」

はっと我に返り、冷静になる。嬉しさが溢れすぎて会話の基本をすぐ忘れがち。

……あれ？　京子、眉間に皺を寄せちゃって、ちょっと引いてない？

　でも京子もガガガ信者なわけだし？　ガガガ文庫好きとして趣味が合致したわけだし？　推しには惜しみない愛情を注いでるはずだし？　わかりみしかないよね？

「ううん、それはいいの。実は、言いにくいんだけど……」

　京子が急に視線を逸（そ）らして、もじもじし始めた。

「どうしたの？　京子もガガガ文庫、好きなんだよね？」

　一応、確認しておく。

　なんだか得も知れぬ不安が襲ってきてるんだけど、気のせいだよね？

「やっぱりそうだ。青春が言ってるガガガって、ガガガ文庫のことだよね？」

　京子が私の不安を具現化するように、本棚を指さす。

「え？　そうだけど……。それ以外にないよね？」

「ガガガＳＰ（スペシャル）」

「……ふぇ？」

　私の眼鏡（めがね）がズレた。

「あたしが好きなのは、ガガガ文庫じゃなくて、ガガガＳＰなの」

　ＳＰと文庫の部分だけ強調して、申し訳なさそうに伝える京子。

　私は興奮して真っ赤だった顔が、秒速で冷えていくのがわかった。

「ガガガＳＰって……」

「これ。コラボしてるバンドのほう」

　京子（きょうこ）はスマホを取りだし、もう一度その画面を見せてくれる。それはガガガ文庫とガガガSP（スペシャル）のコラボ曲「ノベルライト」。

「京子はこっちのガガガ……？」

「そう。あたしはパンクバンドのほうのガガガSP……」

「私はこっちのガガガ……？」

「青春（あおはる）は、ライトノベルのガガガ文庫……」

　未だ理解に至らない私は、京子のスマホと「俺ガイル」を交互に指さしつつ、頭の中の整理にかかる。

　私と京子。

　ライトノベルとパンクバンド。

　ガガガ文庫とガガガSP。

　あかんがな。全然違うやん。

　状況を把握した途端、体全体が一気に冷えてきた。ハイテンションだったさっきまでと温度差えぐすぎて風邪ひくやつ。

「京子はガガガSPが好きで、私はガガガ文庫が好きで……。ガガガ違いだったってこと？」

「そうみたいね。残念だけど」

京子は少し申し訳なさそうに眉根を下げ、ふんわりほほ笑んだ。

よく見ると京子のスマホカバーや、腕のラバーバンド、バッグのキーホルダー。すべてでかでかと「ガガガＳＰ」と書かれている。ガガガの三文字だけで浮かれてまったく周りが見えていなかった。

「そそそ、そうだったんですね。で、ですよね？」

とんでもない勘違いに気づき、私も敬語に戻ってしまう。無理やり下手くそな笑顔を作って、このいたたまれない状況をどう打破すべきか考える。

ガガガ違いで堅気(かたぎ)の人間を部屋に連れ込み、全開オタトークをかましてしまった……？

な、なんてことしてるの、私は。完全に死亡フラグを回収してるじゃないの？

なんとかこの場を乗り切らなきゃ……。

「はい、ではそういうことで……」

私は立ち上がり、ぱちんと手を叩く。

「え、青春？　どうしたの？」

「今日はこのあたりで。さ、どうぞ田中(たなか)さん」

熟慮した結果、私が導き出した答えは、なかったことにすることだった。

私はこの壮絶な勘違いによる羞恥(しゅうち)に耐えられず、すべてを強制的にリセットしようとした。

京子との出会いも、超絶勘違いも、部屋に連れ込んだことも、全力ラノベ語りもすべて。

「ありがとうございましたぁ。さ、さ、どうぞこちらへ」

部屋の扉を開け、京子（きょうこ）に退出を促す。

自分で無理やり連れ込んでおいてなんてひどい女だと自覚してるけど、それどころじゃない。きっと今の私、顔は笑ってるけど目は虚無（きょむ）だよ。

「あ、お邪魔しました……」

京子も私の負のオーラを感じたのか、いそいそと荷物をまとめて部屋を出ていく。階段を下り、玄関で最後に一度振り返った。

「青春（あおはる）、あのね……」

「お疲れさまでしたぁ――――！」

私は何か言いたそうな京子に向かって、すべてを終わらせようと頭を下げる。

彼女もさすがにそれ以上の言葉を残すのもはばかられたのか、そっと静かに家を出ていった。

もう二度と会うことはあるまい。これは不幸な事故だったんだ。そう、オタクによる巻き込み事故。私の前方不注意。ちょうど死角になって見えていなかったの、文庫とＳＰ（スペシャル）の部分が。

「……やっちゃったよぉ」

京子を半ば強制的に追い出し、頭を抱えてうずくまる。

河原で叫んでいるところを見られ、とんだ勘違いをしてしまい、部屋に連れ込んだ上に限界オタトークをかましてしまう。しかも同じ学校の生徒に……。

「最悪だ。最悪だぁ――――！」

あらためて私の激ヤバ行動を思い返し、玄関で絶叫してしまう。

悪夢としか言いようがない。大怪我だ。瀕死の重症だ。

いや、待てよ。ガガガ文庫好きがバレるのはよしとして、私の河原でのすべての絶叫も聞かれてたとしたら……。

「私のバカ……。ガガガとか友だちとか、甘い言葉につられちゃって……」

いっぱい話ができると思ったのに。せっかく友だちができたと思ったのに……。

やっぱり私は一人で読書しているのが合っているんだ。誰かと一緒につるむような青春は無理なんだ。

楽しかった一瞬は泡沫と消え、一人に戻った今はネガティブに溺れてる。

今日のぼっち反省会は長くなりそうだった。


翌日。

「はぁぁぁぁ……」

今朝のため息は、いつもよりいっそう重く深淵に沈みこんでいた。もうなんか口からエクトプラズム的なものがどろどろと出てくる感じ？

登校すると、すでに教室内は夏休みモードに突入していたのもよくない。

「夏休みどこ行く？」

「海かプールかな！」

「やっぱ山でＢＢＱっしょ！」

そんな浮かれた会話が、そこら中から聞こえてきて、「私はどこにも行きませんけど」と心の中で反論する。誰も私に聞いてないいんですけどね。

そんな夏のノイズから遠ざかるように、私はイヤホンを耳につけて音楽を聴き始める。

曲は、昨日の勘違いの原因となったガガガＳＰ（スペシャル）の「ノベルライト」。

私がこの曲を聴こうと思ったのも、ガガガ文庫とのコラボがきっかけだった。

「ガガガって聞いたら、ガガガ文庫だと思っちゃうじゃん……」

口を尖（とが）らせ、ぽつり独り言。

サヨナラの夜は空の向こう　光る小説のようさ

イヤホンから流れるそんな歌詞が、胸に突き刺さる。

運命がまさかの勘違いで悪夢に一転。私は単なる恥さらしとなってしまったんだ。

本当にライトノベルみたいな出会いをしたと思ったのに、すぐにサヨナラ……。

「運命だと思ったのに……」

机の上に顔を突っ伏して、もにょもにょとつぶやく。

思えば高校に入学してクラスでの最初の自己紹介したときからそうだった。「早乙女青春（さおとめあおはる）です」って名乗った瞬間にくすくすって笑い声が聞こえたんだ。私が一番わかってるよ、こんな名前にふさわしくないってこと。

それ以来、名乗るのが嫌になって、人前に立つのもめちゃくちゃ苦手になった。誰にも喋（しゃべ）りかけることができず、クラスでは友だちもできずに今もぼっちのまま。この名前のせいで、いろんなものを失ってきた。

でも、京子（きょうこ）は私の名前を聞いても笑わなかったし、いい名前って言ってくれた。

ついに友だちができたと思ったのにな……。

「あ、早乙女さん」

「ふぁ、ふぁ、はい！」

音楽を聴きながらアンニュイになっているところ、いきなり声をかけられ変な声が出る。慌ててイヤホンを外すと、机の前にクラスメイトが立っていた。

「お客さんだよ」

「え？」

私を訪ねてくる友だちなんて心当たりがなく、廊下のほうを慌てて見る。

そこにいたのはもう二度と会うことはないと思っていた、昨日の悪夢——。

「きょ、た、田中、さん……？」

「青春、ちょっといい？」

にっこりとほほ笑みながら私に向かって手を振っているのは、田中さんこと京子だった。

「な、なんで？」

お化けでも見るように、私は口元を隠してつぶやく。京子、昨日のこと忘れたの？

これには教室内もざわつき始める。

「早乙女さん、呼び出し食らってるよ？」

「体育館裏にでも連れていかれるんじゃない？」

呼び出しとか穏やかじゃないことを言わないでよ……。まさか、それはないよね？

自分に注目を集まることが耐えられなくなって、私は背中を丸めて廊下に出る。

「ちょっと青春に話があるの。行こ」

「え？　え？　田中さん？」

京子に腕を引っ張られ、どこかへ連れていかれる。クラスメイトの手前、抵抗するのも変なので従うけど、疑問だけは湧き出てくる。

京子とは同じ学校だけど、もう会うことはないと思ってた。会う理由もないし、話もあるわけないし……。

まさか本当に体育館裏に連れていかれてシメられるの？　昨日追い出したことの仕返し？

「ここでいっか」

登校する生徒の波に逆らい、教室棟から渡り廊下へ。誰もいない専門棟に入ったところで、京子が立ち止まってこちらを向く。

「え、何するんですか？　どうしたんですか？」

体育館裏じゃなかったことにほっとするも、誰もいないしーんとした廊下でまだ安心はできない。すっかり敬語に戻っている私は、京子と向き合う。

窓から差し込む朝日が、京子の髪をいっそう明るく彩っていた。

一方の私は昨日の今日で、顔色は青ざめていることだろう。

陰と陽の二人だとあらためて感じてしまい、ますます京子に呼び出された意図が読めないでいると――。

「昨日はごめん！」

いきなり謝られた。

両手を合わせて頭を下げる京子に、私も意表を突かれて後ろに飛び退いてしまう。

「え？　どういうことですか？」

「なんか勘違いさせちゃったからさ？　せっかくガガガがきっかけで出会ったのに」

「勘違いというか、完全なガガガ違いでしたし……」

むしろ部屋から追い出したのは私のほうだし、謝られると恐縮しちゃう……。

「でもガガガ文庫とガガガＳＰはコラボしてるよね」

「それは……」

ガガガという言葉が出ても、もう舞い上がってはいけない。

「ていうか、また敬語に戻ってる？　なんか一気に距離感、離れてない？」

「そ、そうですか？」

私はわかりやすく、一歩下がる。昨日の悪夢があって、警戒心ががっつり復活してしまっている。

「ほら、めっちゃ遠い。まあいいけどさー」

京子はふてくされたように、口を尖らせた。

「だってこのまま終わらせるのはもったいないよ。運命だと思ったのに」

「運命……」

それは私もそう。ガガガ文庫好きの友だちが見つかったと思ったんだもん。

「それにあたしたちって似てると思わない？」

「ど、どこがですか？　小指の爪の先も似てません」

ガガガ好きっていうのが勘違いだと判明した今、似てるとこなんてないし。

「もう、そんなに嫌がらなくてもいいじゃない。だから似た者同士、あたしたちもコラボしようよ。今日はそれを言いに来たの」

「コ、コラボ？」

　京子の不意打ちの言葉に、私はぴくりと顔を上げる。

「そう。コラボって、お互い協力し合うってことでしょ？」

「そうですけど……。協力って、なんの？」

「実はあたしさ、ギターをやってて。それでクラブを作ろうとしてるの。軽音部」

　京子がぴんと指を立てる。

「軽音部？　うちの高校、ありませんでしたっけ？」

「ないの。考えられないよね？　軽音部がないなんて、うちの高校どうかしてるの」

　不満を吐き出すように、一段声が大きくなる京子。

「そ、それは私に軽音部に入れってことですか？」

「それでもいいんだけどさ……。青春（あおはる）、楽器できないよね？」

　私は無言で首を縦に振る。

　楽器なんてリコーダーくらいしかやったことがない。もしくはカスタネットくらい？

「でしょ？　だから軽音部を作るのを手伝ってほしいの。部員集めとかさ、いろいろ申請とかややこしいこともあるし」

　事務的なことは苦手と顔に書いてある京子。わかりやすい性格だ。

「なんで私が田中さんの軽音部を手伝うんですか？　そんなのコラボでもなんでもないし……」

そんなの協力っていうか、ただの雑用じゃない？

「えー。青春なら手伝ってくれると思ったんだけどなー」

「お、お断りします。私もいろいろ忙しいので……」

話が深入りして断り切れなくなる前に、私は教室に戻ろうと踵を返す。すると――。

「だよねー。忙しいよね。また河原で叫ばなきゃだもんねー」

私の背中に棒読みで意地悪な声がぐさりと突き刺さる。

「ななな、なぜ、その、えぇ……？」

私は動揺を抑えきれずに言葉が出てこない。

聞かれてた？　やっぱり、ぜんぶ聞かれてたの？

そろりと首だけ振り返ると、京子がふふんと楽しそうに笑っていた。

「青春の気持ちはよくわかるよ。あたしも叫びたいことはいっぱいあるしー？」

壁に体を預けて、歌でも歌うようにごきげんな京子。

私は京子の言葉の意味を、頭フル回転で考える。

「そ、それって、どういう意味ですか？　昨日河原で、何か聞いたんですか？」

「なんのことかなー？」

さっきまでの快活な笑いが、今は何やら含みのあるものに変わっていた。

ぐぬぬ……。いつの間にか主導権と生殺与奪権をがっちり握られている。

「私が手伝わないって言ったら、どうするつもりですか？」

「うーん、どうしよっかなー。あたし、一度決めたら譲らないタイプだからね。放課後までに考えておいて」

「ちょ、田中さん！」

私の秘密の絶叫を聞かれたかもしれないと硬直する私の横を、京子はすいっと軽やかに通り過ぎていく。

「あと敬語はやめにしようね。そのよそよそしい田中さん呼びも禁止で」

最後にそう言い残して去っていく京子の背中を、私は黙って見送ることしかできなかった。

こ、これは脅迫なの⁉

クラスメイトへの愚痴を叫んでいたことを誰かにバラされたら、私の平穏な高校生活は崩壊必至……。

ぼっち文学少女として確立しているイメージが、ぼっち悪口クソ女になってしまう！

「……最悪だぁ」

朝のホームルームのチャイムが鳴り響いているのも耳に入らず、私はただ廊下にぽつんと立ち尽くしていた。

人生で一番長くて短い一日だったかもしれない。

ようやくというか、あっという間というか。授業も頭に入らず懊悩しているうちに終わりのホームルームになっていた。

私の秘密をバラされずに、この平穏なぼっち生活を守るためには、京子が軽音部を作るのを手伝うしかなさそうだ。それが、一応の結論。

だけどそれじゃ一生弱みを握られ続けることになり、主従関係になってしまう。毎日昼休みにパンとか買いに行かされたり、帰り道も鞄持たされたりとか……。

とりあえずホームルームが終わった瞬間に逃げ出そう。安易に引き受けては、後顧の憂いになりかねない。このままグレーな状態のまま、返事を引き延ばしていこう。

「じゃあ今日はここまで。また明日」

先生の話もまったく頭に入らないうちにホームルームが終わると同時に席を立ち、脱兎のごとく教室を飛び出す。一刻も早くここから逃げなくては……。

「ハロー、青春。急いでどこ行くの?」

「ひゃー!」

廊下に出た瞬間、すでに京子が待ち伏せていた。

キョロキョロしているうちに壁際に追い詰められ、その瞬間に私の顔をかすめるように京子の腕が飛んできた。

乙女の憧れ、壁ドン……！　こんなに嬉しくない壁ドンは人類史上あったでしょうか？

「逃げようとしてた？　言ったでしょ、あたしは一度決めたら最後まで諦めない性格なの。ほら、行きましょ」

「むー……」

がっちり肩を組まれて捕獲された私。すでに京子の手のひらの上で泳がされている。

連れてこられたのは屋上に向かう階段の踊り場。

「ここならゆっくり話せるね。返事、聞かせてもらっちゃおうかな？」

階段に腰を下ろし、ぽんぽんと隣に座るよう促す京子。

その挑発的な目が、私を惑わせる。

「……その前に。田中さんのほうも私の質問に答えてませんよね？」

「質問？　なにかあったっけ？」

京子は後ろに手をついて、軽く上体を反らした。見た目よりも大きめの胸がより強調された。

「昨日、河原で私が言ってたこと、聞いてたんですか？」

「ああ、それね。その前に、敬語ー。京子でいいって言ったよね？」

「……わかった、京子」

もはや人見知りをしている場合ではないと、私も覚悟を決める。

「もしかして青春が河原で叫んでたことをバラすとでも思ってるの？　それで警戒してる？」

「そうだけど……。そ、そうじゃないの？」

「さあ、どうしよっかなー？」

「や、やっぱり……」

私はがくんと肩を落とす。オワタ……。私の人生オワタ……。

「嘘、嘘！　すぐに落ち込まないでよ。そんなことしないから」

「本当ですか……？　本当に本当？」

「ほんと。あたしはただ青春と仲良くなりたいだけ。友だちになろうって言ったでしょ」

「私は一人で読書しているのが好きなの。だから結構です……」

もう友だちという言葉に騙されないと、完全に壁を作る。

「それって強がってない？　一人よりも二人のほうが楽しいこともあるよね？」

「それは……」

京子はじっと私を見つめてくる。

「じゃあ聞くけどさ、青春は本当に一人でラノベを読んでるだけで満足なの？」

「だって、読書は一人でするものだし……」

「本を読むだけがラノベ好きのすることじゃないでしょ。語り合ったり、聖地巡礼とかもするって昨日言ってたよね？　みんなでやったほうが楽しくない？」

京子は私の強がりを見透かし、さらに胸のもっと奥のほうにまで踏み込んでくる。

確かに私は一人でラノベを読んでいるときが一番幸せだ。

だけど、それはぼっちでいることの言い訳でもあった。

「それと軽音部を手伝うことは関係ないじゃない。別に私じゃなくても……」

「誰でもいいわけじゃないよ。勘違いだったけどガガがきっかけで出会ったんだし、このまま終わるのはもったいないって。ほら、あたしと青春、似た者同士だし意外と気が合うよね？」

「私は一人のほうが気が楽だし、似てるとも思わないし……」

「うわ、そんなこと言う？　ショック」

「あ、そういう意味じゃなくて……」

「悪いと思ってるんだったら、軽音部作るの手伝ってくれる？」

「そそそ、それとこれとは別の話です……」

「もう。ああ言えばこう言うでまったく話が進まないじゃない。青春って頑固よねー」

腕を組んで頬(ほお)を膨らませる京子。

「よーし、わかった。じゃあこうしよう。新しいコラボ案、思いついた」

ポンと手を叩き、一つ間を取る京子。

「青春もラノベ部を作っちゃえば？」

「は？　ラ、ラノベ部？」

初めて聞くクラブ名と、その突拍子もない案に私も思わず口を開けたまま固まってしまう。

「昨日もあたしにガガガ文庫のこと語ってるときはすごく楽しそうだったよね？　一人じゃあんなことできないよね？　だったら青春も作っちゃえばいいのよ、ラノベ部」

確かに京子がガガガ好きだと知ったから、家にまで連れて行ったんだ。好きな共通点がなければ、あんなことはしていない。

それに楽しかったのは、事実。好きなことを誰かに伝えられたんだもん。同じ趣味の友だちができたと思ったから……。

「お互いの好きなことをやれるクラブを作るの。それを協力し合おうってこと。これなら平等な関係でしょ？　フィフティーフィフティー」

京子は両手を水平に広げて、謎の平等ポーズ。

「ラノベ部……」

自分の好きなことをやる部活を作るなんて、そんなこと考えたこともなかった。

「そそ。ラノベ部があったら、ラノベの話をいくらでもできるよ？」

京子が提示してきた新しいコラボ案に、私は妄想を働かせる。

好きなラノベのビブリオバトルとかしちゃう？　ラブコメの主人公がどのヒロインと結ばれるか朝まで討論する？　みんなで聖地巡礼もできるし、アニメ化を祈願できるし……。推し活が捗っちゃう？

今もＳＮＳで感想の共有はできるけど、ちゃんと向かい合って話ができる友だちができるって、素晴らしくない？

「……めっちゃ、いい」

ぱあっと私の視界が開けるようだった。

読書は一人でできても、それを語り合うことは一人じゃできない。その両方できるのが、ラノベ部……。なにそれ、大発明？

「あたしは軽音部を作る。青春はラノベ部を作る。それをお互い協力する。これがあたしたちのコラボ！」

さっきまで鬼のように反対していた気持ちが、今はすんっと消えてなくなっていた。

「じゃあ、コラボ成立ということでいいよね」

京子が右手を差し出してくる。

「あ、あの河原で聞いたことは内緒だよ？」

「だから知らないって。ほら、握手」

信じていいものか、私はむむむと悩み、ゆっくり京子の手を握る。

京子の指は皮が厚くて硬かった。爪も女子高生みたいにネイルをしていないし短く切り揃えられている。

これがギターを弾く人の指なのかと実感して、本のページをめくるだけの私の指が貧弱に思えた。

「よかった。昨日この話ができればよかったんだけど、なぜか追い出されちゃったし」

「そ、それは、私と京子は全然違うと思ったから……」

「一緒だよ。好きなものを好きって言えるのは、ラノベだってパンクだって変わりないよ。だって好きなんだもん」

そんなふうに言われて、私ははっとする。いつの間にか、好きなものを好きって言うのは、恥ずかしいことだと思ってたから。

「これもガガガが繋いだ運命だよね?」

とんとん拍子で話が進み、私も徐々に気持ちが盛り上がってくる。

自分でラノベ部を作るなんて、ちょっとすごくない? ラノベのラブコメみたいな展開だし、「俺ガイル」の奉仕部のことをちょっと思い浮かべてしまう。

あんな青春が、私にも……。

「運命を超えて、奇跡かも……」

こうして私と京子の物語は、とんでもないスピードで走り出してしまった。栞を挟む余裕なんてないくらいに――。

2000.12.25 Release「京子ちゃん」

CHARACTERS]

AOHARU SAOTOME

[NAME]

早乙女青春

［さおとめ　あおはる］

[PROFILE]

元町高校2年生。
ガガガ文庫をこよなく
愛するラノベ読者。
最近のガガガの推し作家は
ハマカズシ先生。

元町(もとまち)高校、一学期の終業式。

クソ暑い体育館で校長の話を聞いて熱中症になりかけたが、なんとか気力で乗り切った。

明日から夏休みだが、ぼっちの私には海も山も関係はない。この長期休暇はラノベの積み本を一気に消化できるチャンスでしかない。なんて充実した夏休みの予定だろうか。この夏はガガガ文庫の「俺ツイ」全23巻の一気読みに挑戦しようと目論見(もくろみ)中。

「今年は熱い夏になりそうね……」

ホームルームも終わり、教室の机で一人つぶやいた。

ラノベ三昧の夏休み。逆に言うと、ラノベしかない夏休み……。

私はそれでいいと思ってたんだけど、今年はちょっと風向きが変わってきた。

「ラノベ部……」

ごにょごにょと、その原因となる言葉を口にしてみる。

二週間前にガガガがきっかけで京子(きょうこ)と出会い、お互い協力し合ってラノベ部と軽音部を作ろうということになった。

だけど今の私は完全にトーンダウンしていた。

「クラブを作るとか、私には……」

部活でラノベを語り合うなんて最高だと思ってあの場では勢いでコラボを了承したんだけど、今は不安しかない。

よくよく考えると、私の立場と状況を考えるとクラブを作るなんて荷が重すぎる。だって教室でも私は基本的にぼっちなんだよ?

ラノベ部はとっても魅力的なんだけど、私が作るとなったら途端に気が重くなる。

「やっぱり、無理だよね?」

こんな私がラノベ部を作るなんて、ちょっと分不相応すぎる。

あれから京子とは会っていないし、連絡先も交換してないので夏休みに入ったらもう二学期まで会うことはない。こうなったら……。

「よし、逃げよう!」

夢と現実の間に立たされた私は、逃げることを選択した。

京子に会うと、もう断り切れない。京子は私が河原で叫んでいたことを知っているし、弱みを握られたままだし。軽々しく安請け合いをしたら大変なことになるという典型的な事象だ。

「京子に見つかる前に……」

私は鞄を持って、席を立つ。夏休みに突入して浮かれ気味の生徒がごった返す廊下を、すり抜けるように脱出を図る。

一瞬だけ夢見たラノベ部も、ここを抜ければもう終わり。今日から私は普通のぼっちに戻るの……。

生徒の波に紛れ、逃げるように校門を出ようとしたときだった。

「青春（あおはる）ー」

み、見つかった？

背後から名前を呼ばれたけど、聞こえなかったふりをして小走りになる。

「ちょっとちょっと、青春。待ってってば」

その声は明らかに京子だったし、青春なんて名前は私しかいない。

だが聞こえないふりをする。

ここで捕まったら、私はラノベ部を作らなきゃいけなくなる。それは恍惚（こうこつ）であり、だけどそれ以上に不安でもあり、どっちも選べずに私は逃げることにした。

「青春ってばー」

背後に近づいてくる足音。

追いつかれる、というところで——。

「ギャフ！」

盛大に転んだ。

ヘッドスライディングした高校球児のように、土のグラウンドに手をびょーんと伸ばして倒れてしまう。

「青春。大丈夫？」

「むー。痛い……」

に、逃げきれなかった……。

顔を上げると、京子が眉をひそめて転んだ私を見下ろしていた。

「ほら、ゆっくり立って」

京子に支えられながら、校門横の石垣に座る。

「気をつけなよ。頭打ってない？」

久しぶりに会ったのに、さっそく京子に気を使わせてしまう。

「……大丈夫です。こういうときのために救急セットを持ってますから」

「そういう問題じゃないでしょ。転ぶ前提で行動しないの」

はぁと嘆息を吐いて、あきれ顔。

「これ、転んだとき鞄から落ちたよ。ほら」

京子が土を払って渡してくれたのは、一冊のラノベだった。

「あ、ありがとうございます……」

「青春。なんで会うたびに敬語に戻ってんの？　毎回言葉遣いリセットされるタイプ？」

「あ、ごめん……」

タメ語が慣れてないので咄嗟に出ないいんだよね。あと、京子から逃げようとした罪悪感のせいでもある。

「ていうか、なんで逃げたの。あたしが呼んでるの、気づいてたよね？」

気づいてはいたけど……。

眼鏡をくいっと上げて恐る恐る京子の顔を窺うと、ちょっとむくれていた。

「あ。もしかしてあたしのこと避けてた？」

「そそ、そんなことないし。ちょっと考え事してただけだし……」

ぎくり。私は動揺を隠すようにさっき落としたラノベを意味なくぺらぺらめくり始めた。

「ま、そういうことにしておきましょう」

目を合わせない私に、京子はふふんと楽しそうに笑った。

「で、あの約束。忘れてないよね？　軽音部とラノベ部の話？」

ここでいきなり核心に迫ってくる京子。やっぱりその話ですよね……。

「わ、忘れてないけど……。あの話、本気？」

「冗談なわけないでしょ」

「そ、そうだよね。私もラノベ部を作るんだよね……」

「協力し合うって言ったじゃない。あ、もしかして最近会ってなかったから怒ってる？」

「いや、そういうわけじゃ……」

「もう、ごめんって。ほったらかしにしたわけじゃないから」

逃げ回っていた私のほうなんだけど……。

京子の言葉に甘えてここはそういうことにしとこう。

「あたしも部員探しとかでいろいろ動き回ってたから。ごめんね」

「え、部員って？　もう軽音部、作っちゃったの？」

私の想像の先を行く京子に、大きめの声が出た。

「まだだよ。だって、クラブを作るには部員を三人集めなきゃいけないじゃん」

「さ、三人？　部員を集める？　それってどういうこと？」

京子から新情報が飛び出し、私は混乱してくる。

「そう。自分以外に、あと二人ってこと。軽音部の場合、あたしがギターボーカルをやるんで、あとはベースとドラムを探さなきゃ」

「それってラノベ部も……？」

「当然。クラブを新しく作るときの条件なんだから。……あれ？　言ってなかったっけ？」

「き、聞いてない……」

私は座っていた石垣から転げ落ちそうになった。

クラブって一人じゃ作れないんですか？　そ、そりゃそうか……。

部員を二人も見つけるって、ぼっちの私にはハードルが高すぎませんか？

思わぬ条件に、私は口をパクパクさせて動揺を隠せない。

「……それで軽音部のほうは、部員見つかったの？」

「ううん。なかなか難しいよね、実際」

「そうなの？」

この京子で難しいんだったら、社交性Ｅ（超ニガテ）の私はどうなるのよ。

「部員を集めるなんて、私にできるかな……？」

ラノベ部を作るためのハードルが高すぎて、やっぱり私には最初から無理だったのでは？

「青春。できるできないじゃなくって、やるの！　それがパンクなんだから」

急にそわそわしだす私に、京子がパンク魂を叩きつけてきた。ラノベ部にもパンクって必要なんですか？

不安がさらに大盛りになった私は、持っていたラノベをぎゅっと握りしめた。

なんだかとんでもないことに巻き込まれている。ぼっちの私がどうやって部員を二人も見つけられるのだろうか。考えただけで吐きそう……。

「ところで、そんなに面白いの？」

「……え？」

「ラノベ」

京子がじっと私の持っているラノベを見つめていた。

部員集めというぼっちにとってはもはやファンタジーの話をしていたところに、京子が急に私のテリトリーに入ってきた。こうなるといけない。

「お、面白いの！　これ、『千歳くんはラムネ瓶のなか』っていうんだけどね。リア充の話で超おススメなの。『月に手を伸ばせ』っていう……」

「何それ？　ジョー・ストラマー？」

「あ、いや。なんでもないの……」

ラノベの話になってテンションが上がった私だったけど、これ以上はぐっと我慢する。

また同じ過ちを繰り返してしまうところだった……。

「ほんとにラノベ好きなんだね。なんだっけ、青春が初めて読んで好きになったっていう本？」

「『俺ガイル』？」

「そうそう、それ。やっぱり初めて読んだときは衝撃みたいなやつがあったの？」

私が必死に自粛したのに、京子のほうはまだ食いついてくる。

この前は私の部屋のラノベを見てドン引きしてたのに、どういうこと？　もっとラノベ語りしてもいいの？　罠じゃない？

「共感っていうか、刺さったっていうか……。そのときちょうど私も青春とかに絶望してたから……。主人公がそれを代弁してくれた気がしたの」

「青春に絶望？　なんで？」

京子が興味津々に、私の顔を覗き込んでくる。

「絶望っていうか……。なんだろ」

あまり自分語りをしたことがないので、突っ込まれると困ってしまう。

でも、私の好きなものだけじゃなくて、私自身に興味を持ってもらえたこともなんだか新鮮だった。自分のことを知ってもらうって、ちょっと嬉しいかも。

「小さいころ、アイドルに憧れてたときがあって。真似して歌ったり踊ったりしてあんなアイドルになれたらなぁって、ちょっとだけ……。でもすぐに無理って気づいて諦めちゃった。青春っていう名前なのに、自分の青春はうまくいかないなーって。そんなときにラノベに出会ったの」

「ふーん。ラノベを好きになって、ラノベに救われたんだ？」

「……救われたのかな？　どうだろ、わかんない」

好きなものに救われた――。

あまり真剣に考えたことはなかったけど、そうかもしれない。

「あたしの場合、音楽を聴いてたらよくあるよ。歌詞にその時の心情を重ね合わせちゃって、このミュージシャンは私のことを歌ってるんじゃないかって思いこんじゃうんだよね。そんなわけないのに！」

京子は座ったまま、両足をぴょこんと蹴り上げる。

「たぶん、そういうことかも……」

自分では説明しきれない感情を、誰かが代弁してくれているって思うと、味方ができた気分になれる。自分では言えないことを言ってくれたって。私は一人じゃないんだって、思わせてくれる。

それが京子の言う、救われるってことなのかな？　だったら私にとって、それはラノベ……。

なんだか今すぐラノベが読みたくなってきた。早く帰って「俺ツイ」読もう！

「よし、わかった！」

突然、京子が立ち上がった。どした、急に？

「青春、これから暇でしょ？」

「え、暇じゃないけど……」

「じゃあ行こう！」

京子が無理やり私の腕を引っ張って、立ち上がらせる。

「いや、聞いてた？　私これから家に帰ってラノベを読む予定が……」

「俺ツイ」読まなきゃだし。全23巻もあるし。

「いいところに連れて行ってあげる！」

まったく聞いてないし……。

「ど、どこに行くの？」

「青春にも見せてあげたいの、あたしの好きな場所」

それって何？　場所って言ってるから、ガガガSP（スペシャル）じゃないよね？

「ちょっとだけだから。いいでしょ？」

「ちょっとだけ？　ほんとに？」

ノリノリでウインクをして誘ってくる京子に、私も断り切れなくなる。逃げてた罪悪感もあるし、河原で叫んでたことも知られてるし……。

すたすたと校門を出ていく京子を、私もしぶしぶ追いかける。

「私に見せたいって、どこ行くの？」

「行ったらわかるって。早く行かなきゃ始まっちゃうよ」

意地悪そうにピースする京子に導かれるように、私は必死でついていく。

「始まるって何が？　情報が少なすぎるし……」

「何もわからないほうがドキドキするじゃん。未来には次回予告なんてないんだからね」

こうなったらもうダメだ。不安なまま京子についていく。

すると、ちょっとだけのはずがそのまま電車に乗って、到着したのは——。

「し、渋谷？」

若者の街、おしゃれタウン渋谷。

陰キャにとっては天上の町であり、踏み入ることすら恐れ多いリア充タウン。

「ちょっとだけじゃなかったの？　どこ行くの……」

京子の鞄をきゅっと握り、置いていかれないようにくっついて歩く。

「ついてくればわかるって」

あくまで内緒を貫く京子は、私と違って渋谷の街も慣れているようだった。

すれ違う人たちも、もれなくお洒落。私には場違い感が半端なくて、胃が痛くなってくる。

「ここだ！」

右へ左へ、曲がり角。土地勘のない私はもう一人では駅には戻れないなと感じ始めたころ、京子が急な坂の途中で立ち止まった。

「え？　ここ？」

京子が「うん」と頷くその場所は、檻のような厳かな扉があり、入り口には「ＺＺＺ」とだけ書かれた看板がかけてある。

ＺＺＺ？　誰か寝てるの？　店の名前なんだろうけど、情報が少なすぎる。

そっと中を覗くと地下に降りる階段が見える。その先は真っ暗闇で、なにやら「ドゥン……、ドゥン……」と震えるような音が聞こえてくる。ダンジョン？　異世界に繋がってるんじゃ？　とにかくここはヤバい場所だと、私の直感がささやく。

「ほら、入るよ」

私が怯えているのも知らずに、京子はずんずんと階段を下りていく。

「え、うそ？　本当に？」

モンスターが待ち伏せしてたらどうすんの？　こんな装備で戦える？

でもこんな渋谷マッドシティに私一人で置き去りにされては生き延びられない。

行くも地獄、帰るも地獄。ならば……。

「待って、京子……」

震える声で叫び、暗闇に消えていく京子の背中を追って、未知の空間に足を踏み入れる。

カツンカツンと無機質な音が鳴り響く階段を下りた先に広がっていたのは……。

「……ここは？」

ここは天国ではなく、かといって地獄でもなかった。

ぱっと開けた空間は薄暗く、外にまで聞こえていた重い音はさらに耳に響いてくる。壁沿いに並んでいるのはコインロッカー、さらにバーのようなカウンターがある。

中では私たちと同じような年齢の男女が談笑し、あちらこちらへ往来している。高校の制服の子もいるし、Tシャツ短パンの子も多い。

ていうか、なんだここは……？

「あたしの好きな場所、ライブハウス」

ぽかんと口を開けて困惑する私を見て、京子がやっと教えてくれた。

「ラララライ……？」

聞き慣れても言い慣れてもいないその単語に、私は思いっきり噛んでしまう。

「今日は高校生バンドのイベントをやってるの。パンクバンドもいっぱい出てるし、青春にも見てほしくって」

心底嬉しそうにロビーを見渡す京子。私もキョロキョロ初めての風景に目を丸くする。

だからこんなに高校生が多いんだ。同じ世代の子たちが、こんな地下のライブハウスに集まっていることにまるで実感が湧かない。

「見たことも聴いたこともないでしょ、パンク?」

「……うん」

かろうじてガガガ文庫のコラボ曲は聴いたことがあったけど、それだけ。ライブハウスなんて、私の放課後の選択肢にあるはずがなかったし。

「このドゥンドゥンっていう音は?」

外まで響いていたこの重い音。モンスターの蠢く音かと思っていたけど……。

「これはベースの音。めっちゃいい音してる」

頭を振って、音に乗る京子。私も真似するように頭を振るが、目が回るだけだった。

「ほら、いっぱいバンドが出るんだよ。今やってるのはこれかな」

壁に貼られたタイムテーブルを見る。今やっているバンドは「漢鳥居魔亜夢」という名前らしい。ちょっと待って、ネーミングが暴走族のセンスなのでは?

「この界隈ではちょっと有名なパンクバンドだよ」

「そ、そうなんだ……」

漢鳥居魔亜夢……。なんでこんな名前をつけたのか気になってしょうがない。

だけど京子の好きなパンクバンドには興味がある。果たしてパンクとはどんなものなのだろうか？　怖いもの見たさが顔を出してくる。

「ちょっと待ってて。チケット買ってくる」

そう言って京子はチケットカウンターと書かれた机に向かい、「高校生二枚」とお金を払う。

私も慌てて鞄から財布を出し、駆け寄る。

「私も払うよ」

「いいのいいの。今日は学割が効くし、無理やり連れてきたのはあたしだし」

ライブハウスに入るには入場料的なものがいるとは知らなかった。

ちらっとチケット料金を見ると、高校生は一〇〇〇円となっていた。プラスドリンク代六〇〇円とある。

「これ。青春の分」

「え？　あ、ありがと？」

京子に謎のコインを渡される。

これは……？　異世界の通貨？　やはり私は異世界に迷い込んでしまったというの？

「それ、ドリンクコイン。あそこのカウンターでドリンクと交換できるの」

まじまじとコインを見つめて難しい顔をしていると、京子が説明してくれた。

「そ、そうなんだ……」

先払いのドリンク代がこれってことなのね？　いわゆる食券制？

1コイン六〇〇円で異世界でのレートを計算しちゃうところだった……。

「コーラください……」

恐る恐るドリンクカウンターのお姉さんにコインを渡すと、大きな氷とコーラが入った小さなプラカップを受け取る。

こ、これが六〇〇円？

「あたしもコーラ」

京子もドリンクを受け取ると、「おつかれー」とこつんとカップを合わせる。

「冷えてて美味しいね」

大事そうにコーラをちびちび飲んでいると、隣で京子が驚きの行動に出ていた。

腰に手を当てて、高級コーラをごくんと一気飲みしているではないか！

「ぷはー。ほら、青春も早く飲んで」

「え？　え？」

京子ってコーラ一気飲みする人？　のどごしで味わうタイプ？

「ライブを観るのに、ドリンク持ったままじゃ邪魔でしょ？　ライブハウスではさっさと飲んで、身軽になって楽しむんだよ」

え、それがライブハウスのお作法？

郷に入れば郷に従え。私も京子に倣（なら）って腰に手を置き、コーラを一気飲みする。炭酸が喉をしゅわしゅわと刺激してくるが、これがライブハウスの味……。

「よし、じゃあ行こう」

「う、うん……」

コインロッカーに鞄（かばん）を預け、いよいよ客席への重い扉を開くと――。

「××××！！！！　×××××××！！！！！！」

「わわわ！」

外まで鳴り響いていたドゥンドゥンと、それをさらに突き破ってくる轟音（ごうおん）が容赦なく私に襲いかかってくる。

ボーカルの人が何を歌っているのか、まったく聞き取れない。それに高音と低音がぐちゃぐちゃに混ざり合って、リズムが微妙にずれているようで気持ち悪くなってくる。どの音がどの楽器の音かもわからない。ていうか、不協和音？

これは私が知ってる音楽じゃないよ？　やっぱりここは異世界では？

思わず耳を塞いで座り込みそうになるのを、ぐっと我慢する。

「ちょっと演奏は荒いけど、最高でしょ?」

「え、あ、うん……」

なんとか背伸びしてステージの上を見ると、制服を着た四人組のバンドが演奏していた。すっごいガラガラ声で、聞いたこともない言葉を叫んでいる。さすが漢鳥居魔亜夢、まさに地獄のような演奏だ……。

「この血が沸騰していく感じ、たまらないね。これがパンクだよ!」

京子がスイッチが入ったかのように、明らかに興奮している。なんだかさっきからウズウズしてるし、目つきもキマッてない?

「もう我慢できない。行こう、青春! ついてきて」

「ふぇ?」

行くってどこへと思った矢先、腕を摑まれてぎゅうぎゅうに埋め尽くされた観客の中へと引っ張られていく。

「ひー! 京子!」

悲鳴をあげたがもう遅い。

「どけどけー!」

京子が叫びながら重なり合う客のわずかな隙間に割り込んでいく。問答無用に私も引きずり込まれると、屈強な人たちに囲まれてしまう。

「ちょっと、ダメ……。む、無理！」

右から左からタックルされるように人がぶつかってくる。そしてむぎゅむぎゅと全方位から押しつぶされ、もうどっちが前か後ろかもわかんなくなる。

「オイ！　オイ！　オイ！」

私が圧死しそうになっている横で、京子は拳を振りかざしてオイオイと連呼している。魔法でも唱えてるの？　回復魔法なら私にかけて？

「た、たすけて……」

私のSOSもまったく聞こえないのか、京子は暴れまくってる。ちょっと、キャラが暴走してるよ？　ビーストモードになってない？

「オラー、もっと来いよ！」

京子はガンギマリの目で、ステージに向かって手招きしている。

今度は頭の上を人が流れていった……。何が起きたの？

人が頭上を流れるし、もう上下左右の感覚すらなくなってきて、意識が朦朧(もうろう)としてくる。もう限界オブ限界。

私、このまま死んだら転生するかも？　ていうかすでにここは異世界？

魂が頭のてっぺんから抜けていく直前、ふわっと圧力が抜けて体に自由が戻った。ちょうどバンドの演奏が終わったらしい。

「い、生きてる？　私、生きてるの……？」

観客の合唱が拍手に変わり、ステージのバンドは「ありがとうございました！」とお礼を言いつつはけていった。漢鳥居魔亜夢、名前と音楽性からは想像もつかない礼儀正しさ……。

九死に一生を得た私はぺたんと膝から崩れ落ちる。

「京子……」

ボロボロになりながらも生き延びた私は、京子の姿を探す。

「青春、また転んだの？　ほら、立って」

見上げると、ビーストから女子高生へと戻った京子がいた。その顔を見て安心するとへなへなと力が抜けた。

「超楽しかったでしょ？　初ライブハウスで初モッシュ。いい経験したねー」

差し伸べてくれた京子の手を、私はぎゅっと握って立ち上がる。

さっきのおしくらまんじゅうがモッシュというらしい。次は生きて帰れる自信がない。

「楽しいというか、死にかけたというか……」

「ガガガSPのボーカルの人がね、よくライブで言ってるんだよ。『ライブハウスを知ってる奴は、知らない奴より人生二倍楽しい』って」

人生二倍っていうか、あやうく転生して二度目の人生を送りそうになったんだけどね……。

私のこの弱々ポテンシャルで果たして二倍楽しむことができるのだろうか？

「青春はまだまだ伸びしろがあるから。今度はダイブしようね！」

京子は満足そうにけらけらと笑ったが、ダイブは絶対無理です。

ステージでは次のバンドの準備が始まる中、一旦私たちはロビーに戻ることにした。

「ちょっと休憩させて……」

ざわざわが止まないロビーで京子とベンチに座ってようやく落ち着く。

目の前は汗だくの男子や、首にタオルを巻いた女子が行き交っている。みんなが京子と同じく、超楽しんでいるようだ。

「ライブハウスにパンク。これが京子の好きなものなんだね」

危うく死にかけたけど、私は不思議な高揚感に包まれていた。

新しいことを経験したドキドキもあるし、京子の好きなものを知ることができた満足感もあるのかも。

「さっき青春がラノベとの出会いを教えてくれたよね？　だからあたしの好きなものも見せたかったんだ」

しみじみと、どこか感慨深げに言う京子。

「……京子はなんでパンクを好きになったの？」

聞くならこの流れしかないと、さっき京子に聞かれたのと同じ質問をする。

「あたしがパンクと出会ったのは、小学校二年生のときかな。実は元町（もとまち）高校の文化祭」

「え、元高の文化祭？」

意外な答えに、私は素っ頓狂な声をあげてしまう。

「お姉ちゃんが元町高校に通ってて、文化祭に連れてきてもらったの。そこで軽音部のライブを見たんだ。ガールズバンドでね、演奏してた曲がガガガSPだったの！　こんな音楽があるのかってびっくりしたんだ。さっきの青春みたいにね？　超かっこよかったし、みんなすっごく楽しそうに演奏してたのを覚えてる。そのとき聴いたガガガSPの曲に救われたんだ」

京子はその光景を思い出すように、天井を見上げた。

「あのときガガガSPに出会って、あたしは変わることができたんだ」

「ガガガSPに出会って、変われた……？」

それまでの京子は一体どんな子だったのだろう？　さすがにそんな踏みこんだ過去のことを聞くことはできないんだけど……。

「それからギターを始めて、あたしも元高に入ってこんなバンドを組もうって決めたんだ。絶対に文化祭でガガガSPを演奏するって」

それが京子とパンクの出会い。だから軽音部を作りたいんだ……。

「ちょっと待って。そのころは軽音部があったの？」

「そうなの。念願の元高に入ったら、軽音部は廃部になってたってわけ。ショックでねー、学校の外でメンバーを探してバンドを組んだけど、すぐに解散しちゃった」

そうなんだ。バンドを組むって難しいんだな。そもそも楽器を弾けなきゃいけないしね。

「じゃあ初心に戻って元高で軽音部を作るしかないって思って。正確には軽音部復活かな？　やっぱり文化祭で演奏したくて、今に至るって感じ」

これが私の現在地というように、とんとんと自分の足元を指さす京子。

「なんで廃部になったんだろ？」

「さあ？　お姉ちゃんに聞いてみたけど、知らないって」

「そうなんだね」

京子が小学二年生のときってことは、十年前くらいか……。

「あたしね、小さいころはこの名前が大っ嫌いだったの。田中京子って、どっかの田舎のおばあちゃんみたいだし、ちょっと昭和っぽいでしょ？」

一気に話が飛んだような気がしたけど、私は「そんなことないよ」と首を振る。

「親を恨んだりしてたんだよ。思春期ってやつ？　今もそうだけど」

「京子って名前、かわいいよ」

「気を使ってくれてありがと」

京子はぽんと、私の肩にぶつかってくる。

「私もこの青春っていう名前、嫌いなんだ。私には重すぎるというか……」

「そんなことないって。その名前、あたしは羨ましいし」

「あ、ありがと……」

まさか京子も自分の名前が嫌いだったなんて、私は妙な親近感を持つ。

私だってそう。私もこの青春って名前が嫌いで、すべてをこじらせちゃったんだから。

「それでね、ガガガSPに『京子ちゃん』って曲があるのを知ったんだ。超かっこいいの！　それを聴いて運命感じちゃって、自分の名前が好きになったんだ。今度聴かせてあげるね」

素直に京子の名前がついた曲に興味が湧いて、しっかり頷く。

「あたしはガガガSPに出会って、救われて、運命を感じてるんだ。ほら、青春とやってることは一緒だよ。ガガガオタク」

自分の名前に対するコンプレックスと、推しへの熱意。私のラノベ魂と、京子のパンク魂。

根本的なところで私と京子は似てるのかな……？

「ガガガがきっかけで出会ったあたしたちが、一緒にお互いの好きなものを応援し合うの。こんなの青春だと思わない？」

――青春。

私にとって一番近くて、一番遠い存在。私がこじらせることになった、最大の原因。

「青春を謳歌できれば、青春も自分の名前も好きになれるんじゃない？　あたしみたいに」

「そ、そうかも……」

太ももの間に手を突っ込んで、つぶやく。

私は自分の名前を好きになろうと思ったことがなかった。京子みたいにポジティブになれれば、青春を謳歌できれば、そうすれば私も……。

「だから軽音部とラノベ部を作らなきゃね。自分を好きになるためにも」

モッシュをして乱れた髪を撫でながら、京子は決意を新たにしたようだ。

コラボだと言われても、私が不安だったのは京子のことをよく知らなかったからだと思う。

「私も、ラノベ部、がんばってみる」

京子の好きなものや過去を聞いて、さっきまでの不安が安心に変わってきたような気がする。

「あ、そうだ。今度は青春の好きなところにも連れてってよ？」

ぴっと右手の小指を立てる京子。

私も遠慮がちに、きゅっと小指を結ぶ私。

「約束ね！」

「や、約束……」

今度は私の好きなところを見せてあげたいな。

「じゃあ、次のバンドを観に行こうか？」

「え、もう？」

まだまだ元気な京子は、すくっと立ち上がり腕を伸ばしてストレッチし始めた。やっぱ回復魔法を使えるんじゃないの？

「次のバンドは『ゆるふわブランケット』だね。これもいいバンドだから観たほうがいいよ」

京子のお墨付きのバンドらしい。これからも協力していくなら、お互いの好きは共有しとかなきゃだもんね。

それに疲れた体を優しく包んでくれそうなバンド名だし、今度は大丈夫かもしれない。

「よし、今日は楽しもう！」

「お、おー……」

京子に合わせてテンションを上げてみる。

だけどこのときはまだ「ゆるふわブランケット」がハードコア・デスメタル・バンドだとは知る由もなかったわけで……。

「ぎゃー！　死ぬ……。異世界への、扉が見える……」

「オイ！　オイ！　オイ！　オイ！」

またもモッシュに巻き込まれ地獄を見る私と、暴れまくる京子。お願いだからパンクバンドは音楽性に合わせたバンド名をつけてください……。

それでも私たちのコラボは、ちゃんとそれぞれの好きを共有しながら、目標に向かっているみたい。

とりあえず、今日は生きて帰るぞ……！

[CHARACTERS]
KYOKO
TANAKA
[NAME]
田中京子
[たなか きょうこ]
[PROFILE]
元町高校2年生。
ガガガSPに人生を
変えてもらった少女。
愛用ギターのFenderは
ガガガSPの影響。

第三話

夏休みに入ると、陰キャは基本的に家から出なくなる。私調べ。

友だちと出かける予定もないし、外は暑いし、つらい思いをしてまで出歩く理由がなくなるからだ。私の場合は例外として、あの河原には叫びに行くんだけどね。

それ以外は、もっぱらラノベ。

積み本の消化はもちろんのこと、新刊チェック、推し本の二周目もやぶさかではないので時間はいくらあっても足りないのが現実だ。

わざわざ海や山へ行かなくても生きていける。なんて陰キャは地球にやさしい存在なのでしょうか。超SDGs。

だけど唯一、すべてを懸けても外出しなくてはいけない一日がある。

お盆真っ盛りの週末、明日がまさにその日なので私は一人闘志を燃やしていた。

サッカー日本代表でいう、絶対に負けられない戦い。

登校日？　花火大会？　夏フェス？

ノンノン。すべて、違う。

「待ってろ、コミケ！」

それはコミックマーケット、通称コミケ。

盆と年末の二回、東京ビッグサイトで開かれる同人誌即売会だ。

プロの作家やイラストレーターたちもここでしか手に入れられない同人誌を販売しているため、ラノベファンにとっても外せない一大イベントだ。

「ガガガ文庫で書いている作家さんたちもサークルで同人誌を出しているし、これは要チェックやで……」

コミケで販売されるお品書きを、目を血走らせながら熟読していた。

そんな私の一番のお目当ては、イラストレーターのもみけつ先生の同人誌だ。先生の描くファンタジーのイラストは、眺めているだけで私を非現実の世界へと連れて行ってくれる。

昨年のコミケで見つけたときは雷に打たれたように、運命を感じてしまった。そのときゲットした同人誌は宝物であり、今年の新刊もなんとしても手に入れなくてはなるまい。

「はぁ、好き……」

スマホでもみけつ先生のお品書きを眺めながら、ぽわんとしてしまう。

ラノベのことになると猪突猛進(ちょとつもうしん)な私だけど、ここでふと現実に戻る。

「誘ったら来てくれるかな……」

それは一学期の終業式の日にした、京子(きょうこ)との約束だった。

京子にライブハウスに連れていかれて、今度は私の好きなところへ連れて行く約束をしていたんだ。もちろん、忘れるはずがない。

「でもなぁ。コミケに連れていったら、さすがの京子も引いちゃうかも……」

コスプレ、オタク、戦場、改札ダッシュなど、京子みたいな陽キャにとっては未知の世界だろう。

「だけど、約束したし……」

口を尖らせ、椅子にもたれかかる。

私だっていきなりライブハウスでコーラを一気飲みさせられたり、圧死寸前の臨死体験をしたり、三日間耳鳴りがしたりしたけど、一人では決して行くことのない世界だった。

最初はちょっと引いちゃったけど、京子のこともいっぱい知れたし。

だったら私も……。

ライブの日、京子と連絡先の交換はしていた。ここは思い切って誘ってみよう。

『盛夏の候、いかがお過ごしでしょうか。明日、私の好きなところへ行こうと思っているのですが、先日ライブハウスに連れて行っていただいたお礼にご一緒にいかがでしょうか？』

ＬＩＮＥってこういうのでよかったんだっけ？　誰かを誘うことに慣れていないので他人行儀になってしまう。またよそよそしいって京子に怒られるかも？

「まあいいや。送信……」

心臓をドキドキさせながらメッセージを送ると秒で既読マークがつき、返事はすぐに返ってきた。

『行く行く！　青春(あおはる)の好きなところ、めっちゃ気になるし！』

よかった、断られなかった……。

コミケということは伏せてしまったけど、京子も最初はライブハウスに行くことは内緒だったし。それにこれはラノベ部を作るためには、外せないイベントだからね。

「へへへ。京子とデート……」

デデデ、デート？　自分で言って顔が赤くなる。そういうのじゃないし。

ベッドにダイブして、枕に顔をうずめる。京子と一緒に行くことになって楽しみが増えたのは確かだ。

私の負けられない戦いが、そこにあるの……！

そして翌日、決戦のときが来た。

さすがに素人(しろうと)の京子を始発改札ダッシュに付き合わせるのは酷なので、ちょっと時間をずらして有明(ありあけ)駅で待ち合わせ。

京子を案内しつつ、最優先でお目当てのもみけつ先生の同人誌を入手し、想定したルートをたどってお宝を確保していく。もはや抜かりはない。コミケにサプライズは必要ない、確実性だけを求めるのだ。

「青春ー」

コミケ客が大挙する駅前で待っていると、私を呼ぶ声がしてびくっとする。誰かと待ち合わせすることに慣れていないので、それだけで挙動不審になっちゃう。

「きょ、京子？」

手を振りながら改札口から出てくる京子は、遠くから見ていても輝いていた。白のカットソーに黒のミニスカートという気取らないカジュアルでシンプルなコーデは、京子自身のかわいさをより際立たせているようだった。

なんかキラキラを発してる？　ちょっと尊さが爆発してない？

ラブコメの主人公とヒロインの初デートを疑似体験してるみたいで、京子を直視できない私。ドキドキが止まらない……！

「ごめんごめん。って、どうしたの？」

目のやり場に困ってきょろきょろする私に、京子はいつもどおり接してくれる。

「な、なんでもないの。急に誘っちゃったけど、大丈夫だった？」

「今日はちょうど予定がなくて暇だったんだ。全然大丈夫！」

京子が親指を立てる。

自分から誰かを誘ったことがあんまりないので、嬉しくて頬が緩んでしまう。

「なんでにやけてるの？　あ、かわいいTシャツ。色がお揃いだね」

京子は私のTシャツを褒めてくれる。

気軽に服装を褒めてくれるのが、なんとも陽キャっぽい。

「いや……」

お揃いと言われたが、私は白のTシャツに黒い膝下のスカートなんだけど、京子と違って白黒コーデは地味さに拍車をかけているだけだった。

「謙遜しちゃって。今日の青春、すっごくかわいいよ」

「そそそ、そんな、かわいいなんて、ありがたき幸せ……」

「なんか青春ってちょいちょい武士みたいなリアクションするよね？　ウケる」

けらけらとヒマワリみたいに笑う京子。

お世辞だとわかっていても、私は嬉しさより恥ずかしさが勝って反応がおかしくなってしまうの……。

「で、青春の好きなところって……」

「あ、それはまだ内緒。行ってからのお楽しみだから」

私は人差し指を立てて、この前のお返しとばかりに鼻を鳴らす。

なにせ今日は私が京子を未知の世界にリードする立場だし。この前はいきなりライブハウスに連れていかれて焦りまくったんだもん。

「ていうか、モロバレだよ。コミケでしょ？」

「な、なんでわかったの⁉」

京子がピラミッドを逆さにして四つくっつけたような建物を指さす。

それはコミケの会場である、東京ビッグサイトだった。

「この状況で山登りとか海水浴とか言われたら正気を疑うよー」

まわりはそれとわかるコミケ客ばかりで、どこへ行くかは火を見るより明らかだった。

ぐぬぬ、秒でバレてしまうとは……。

「青春らしいね。じゃあ行こっか。外は暑すぎるし」

京子は右手をパタパタさせる。

さすがの炎天下で無駄話をしている暇も余裕もなく、私たちはビッグサイトへと向かうことにした。

「夏休み、何してたの？」

大量の同人誌を抱えたコミケ帰りの客とすれ違いながら、京子が聞いてくる。

「ラノベ読んだり、ラノベを読んだり……」

いや、ラノベしか読んでないし。

それ以外は何もない日々を送っていたため、まったく話が広がらないことに気づいた。夏休みの宿題に絵日記があったら一日目のコピペで終わってしまう。

「きょ、京子は?」

「あたし?　ギターの練習とかかなー。意外と夏休みって暇」

「だ、だよねー」

「部員を探さなきゃいけないけど、夏休み中は難しいから。二学期始まってからが勝負ってことで」

部員集めのことはすっかり忘れていた。そんなこと気づかれないようにすっと目を逸らす。

「青春、目が泳いでるけど?」

「お、泳いでないし。私、カナヅチだから泳げないし……」

「じゃあ溺れてんじゃん。青春、話を逸らすの下手なんだから。ま、がんばりましょ」

どうやらすべてを察した京子。二学期からはがんばります。

「あれは何?　いっぱい人がいるけど?」

駅からビッグサイトへ向かっていると、京子が人だかりを見つける。

「あっちは防災公園で、コスプレをしている人たちがいるんだよ。それを撮影しようとしている人が集まってるんだと思う」

コミケ名物コスプレ撮影会。同人誌よりもこれを目当てに来る人も多数いるのだ。

「コスプレ見てみたい!　ちょっと寄っていこうよ」

「え？　今から？」

「いいじゃん、ちょっとだけ」

京子が両手を合わせてお願いしてくるが、今回の目的はコスプレではない。

「ダメに決まってるでしょ！　こうしているうちに同人誌が売り切れちゃったらどうするの。ただでさえ始発組からは後れを取っているのに。秒単位の戦いなんだからね、コミケは！」

ここは断固として断る。今日は朝から照れたり焦ったり感情が忙しかったが、これだけは譲れない。

「えー、いいじゃん。私もコスプレの人と写真撮りたいなー」

「ダメダメ。そうやって思いつきで行動するのは素人のすることだから。私がちゃんと計画を立ててきたから、今日はきっちりと教えて……」

京子にコミケの歩き方をレクチャーしようとした、そのとき。

目の前を小柄なコスプレイヤーが通り過ぎた。

「あ、今のコスプレかわいいね。赤髪のツインテー……」

「テイルレッド！」

私はその赤髪ツインテールのコスプレイヤーを、即ロックオンした。

「こんなところでお目にかかれるとは！」

「どうしたの、青春？　またなんか目がヤバイ感じになってるんだけど？」

突如輝きだした私の目を見て、京子が察知する。オタのスイッチが入ってしまったことを！

「知らないの？　さっきの赤髪ツインテールのコスプレ、『俺ツイ』のテイルレッドじゃないの！」

「じゃないのって言われても、あたし知らないし」

「ガガガ文庫の『俺ツイ』のキャラよ！　主人公がテイルレッドに変身して戦うの。ここでテイルレッドをチョイスするなんて、なんてガガガ偏差値の高い子。末恐ろしい……」

俺ツイとは「俺、ツインテールになります。」というラノベだ。

とある男子高校生がツインテールの幼女に変身して地球の平和を守る物語。その幼女が、テイルレッドである。

ちょうど夏休みに読んでいた本なので、タイムリーすぎる。

「ふーん。じゃあそろそろ会場に……」

「そうだ！　テイルレッドと一緒に写真を撮ってもらおう！」

「え？　だって同人誌が売り切れるんじゃないの？　一秒も無駄にはできないし、思いつきで行動するのは素人だってさっき……」

「ガガガのキャラを見つけて素通りできるわけないでしょ」

ぎゅっと拳を握る私。しかもかなりの美少女だったし、見逃すわけにはいかない。

「あーあ。こうなったらもう無理か……」

匙を投げるように両手を広げる京子。早くも私の習性を把握しているようで助かる。

「究極のツインテールを求めて、いざ出発！」

「お、おー……」

さっきと完全に立場は逆転。京子はあきれているが、二人でさっきのテイルレッドを追うことになった。


「どこへ行ったの、テイルレッド……」

テイルレッドを追って公園に入るが、さすがに人も多くて目標を見失ってしまう。

「人が多くて夏フェスみたいだね。あっちもこっちもめっちゃ盛り上がってるよ？」

京子は興奮して、あちこち見渡してはキャッキャとはしゃいでいた。

超有名コスプレイヤーもいるらしく、すれ違うだけでも気を使わなきゃいけないほどの混雑ぶりだった。

「もう帰っちゃったんじゃない？　さっきの子、なんか急いでるみたいだったし」

「ああ、あのときすぐに声をかけてれば……」

後悔するも、私にそんな勇気と行動力があるわけもない。駅前のティッシュ配りの人にも人見知りするくらいだし。

「もうちょっと探そう。これくらいで疲れてるわけにはいかないよ」

「ガガガが絡んだときの青春(あおはる)の体力増加っぷりは現代科学では説明できないよね……」

ペットボトルの水を飲む京子の冷たい視線を浴びながら、私は諦めるつもりはなかった。

ウロウロ、キョロキョロ。

炎天下の公園内をくまなく探すも、どこにもテイルレッドの姿は見当たらない。

「暑いしもう帰っちゃったんだって。そういえば今朝の天気予報で、気温が四〇度に迫るって言ってたよ」

「テイルレッドが地球温暖化に負けたっていうの？　そんなわけないよ、これくらいの困難にくじけるような子じゃないんだから」

「それ、ラノベのキャラの設定でしょ？　もう……」

しかし暑いことは間違いなく、猛暑こそがコミケの最大の敵でもある。

「それよりさ、あっちでライブやってるみたいだから行ってみない？　コスプレのライブでしょ？　なんか演奏してるみたいだし」

京子がひときわ人が集まっている場所を指さす。そこは小さな野外ステージになっていて、音楽が流れている。

「コスプレのライブ……？」

立ち止まったとたんに大量の汗が流れてきて、私も少し疲れてきたところはある。この暑さでは倒れかねないし、そうなったら本末転倒だ。

「そうだね……。ちょっと休憩もしたいし」

「じゃあ行こう。ほら青春、水飲んで」

「あ、ありがとう」

京子からペットボトルを渡され、そのステージへと歩くうちにだんだん冷静になってきた。

またやってしまった……。テイルレッドのコスプレイヤーを見て暴走するなんて。こんな私に付き合ってくれる京子の優しさが身に沁みる。

「なんのライブをやってるんだろ？　結構本格的な音が鳴ってない？」

京子も最初はコスプレを見たがっていたくせに、ライブをやっているとなると興味の矛先が切り替わったみたいだ。

「これは、ベースの音？」

ステージに近づくにつれ、ドゥンドゥンという聞き覚えのある音がしてくる。

この前ライブハウスで聞いた音だ。体中に響く、この低音。

「そうだね。ベースの音だけやたら大きいね。コスプレのライブにしては音響もしっかりしてるし。前のほうに行ってみようよ」

京子も感心するくらいなので、そういうことなんだろう。

ステージ前は多くの観客が詰めかけており、私たちもなんとか奥へ奥へと侵入する。ライブハウスでのモッシュに比べたら、これくらいは大したことない。ちょっとレベルアップしたかも。へへへ。

　それでもぐちゃぐちゃに押しつぶされながら最前列に出ると、目の前のステージ上にはメイド服のコスプレイヤーが四人、楽器を持って並んでいた。

「今日はありがとうございます！　次が最後の曲でーす！」

　真ん中に立っているメイドさんが手を挙げてアピールすると、観客から「えー！」というお約束の声があがる。

「メイドリだ！」

　そのメイドさんたちのバンドを見て、思わず叫んでしまう。

「このバンド、知ってるの？」

「『メイド・イン・ドリームランド』っていうゲームに出てくるキャラのコスプレだよ」

　それは最近流行っているスマホゲームだった。メイドを選んでバンドを組み、育成するゲームだ。ゲーム内のバンドがＣＤデビューもするほどの人気があり、その宣伝も兼ねてコスプレでライブパフォーマンスをしているみたいだった。

「またどこかで会いましょうね！　メイド・イン……」

「「ドリームランド！」」

　ボーカルと客の綺麗(きれい)なコールアンドレスポンスが決まると、演奏が始まった。

　するとまわりの観客たちはいっせいにオタ芸を始める。法被（はっぴ）を着て、手にはペンライト。夏だというのに運動量がはんぱない。訓練されているわね……。

「あれ、ちょっと青春（あおはる）！　あのベースのメイドさん、さっきのツインテールの子じゃない？」

　京子（きょうこ）が指さすベースの子に、私も視線を向ける。

　かわいいメイド服に気をとられて気づかなかったけど、赤髪のツインテだった。小柄な感じといい、さっき私たちの前を通り過ぎた子に違いなかった。

「ほんとだ、さっきのテイルレッドだ……」

「どういうこと？　ツインテールとメイドのWブッキング？」

「売れっ子のコスプレイヤーさんなのかも。そっか、着替えちゃったんだ」

　私はテイルレッドのコスプレのほうがもっと見たかったのになぁ。でもメイドリの衣装もめっちゃ似合っててかわいい。これはこれで眼福（がんぷく）ね……。

「ちょっと待って？　あのベースの子だけマジで弾いてるよ」

「え？　こういうのって弾く真似するだけなんじゃないの？」

　コスプレのイベントの場合、音源だけ流して口パクと演奏のふりをすることはよくある。

　そのベースのメイドさんに注目すると、赤髪を振り乱し、足で小刻みにリズムを取っている。

　その動きは本格的で、ピックを使わずに器用に指を動かしてベースを弾いていた。京子の言うとおり、スピーカーから出ている音と指が弦を弾く動きが一致していた。

「ベーステクもすごいよ。ただのコスプレイヤーとは思えない」

京子はそのベースメイドの演奏を凝視（ぎょうし）している。

小柄だけど、ベースを弾く姿はパワフルでダイナミック。

コスプレイヤーというより、もはやベーシスト？

「ありがとうございました！　メイドリでしたー！」

最後の曲が終わると、ファンたちの大歓声に手を振りながらメイドさんたちはステージをはけていく。ベースメイドだけは、終始俯（うつむ）いたまま逃げるように走っていった。

「ちょっと行ってみよう」

「え、どこへ？」

「ベースの女子とちょっと話してみたい！」

音楽のことになったら前しか見えなくなる京子。確かに私もテイルレッドのコスプレは気になるし、もしかしたらあの子、ガガガ文庫好きかもしれないよね？

私たちは、メイドさんたちが入っていった控室のテントへ向かい、出待ちすることにした。

「さっきのベースの子。そんなに上手かったの？」

「うん。たぶんあたしらと同じくらいの年齢でしょ？　それにしては堂々としてたし、もしどこかでバンドやってるんなら気になるじゃん」

「軽音部に勧誘するつもり？」

「いやいや、さすがに同じ高校なわけないよ。バンド組むには軽音部に入ってもらわなきゃいけないし」

「あ、そっか」

そりゃそうだ。そんな都合よくいかないか。

すると、まもなく。

「お疲れさまでした……」

控室のテントから、そんな声とともに誰かが出てきた。私たちは反射的にさっと隠れる。

出てきたのはジャージ姿の女子で、ベースバッグと大きな鞄(かばん)を担いでいた。深めにキャップをかぶっているけど、さっきのベース女子に間違いない。

その女子は逃げるように、駅のほうへ走っていく。

「青春(あおはる)、見た？」

「テイルレッド？　間違いなくあの子だったよね」

「じゃなくて、あの鞄。あの子、うちの高校じゃない？」

「え？」

走り去る女子は、ベースと一緒に見覚えのある紺の鞄を担いでいた。

確かに元町(もとまち)高校のスクールバッグだ。校章もばっちりプリントされている。

「ほんとだ……」

なんという偶然だろう。たまたま見たコミケのコスプレライブで、凄テクのベースに出会い、しかも同じ高校だなんて、これって運命では？

「追おう！」

京子はベース女子を追いかけようとするが、私だけは二択を迫られていた。

「ちょっと待って。コミケは？」

それが私にとっての最優先事項。私はここに同人誌を買いに来たんだ。

ビッグサイトのほうを指さすと、京子がキッと鋭い視線を投げてくる。

「コミケと軽音部への勧誘、どっちが大事？」

「え、コミ……」

「だよね！　軽音部に決まってるよね！」

「えぇぇ……」

京子に強引にねじ伏せられる。

さっきはコミケよりもテイルレッドを取った私。なんも言えねえ……。

私たちはベース女子を追って有明駅のほうへと踵を返した。

頼むから売り切れないでくれと、もみけつ先生の同人誌に後ろ髪を引かれながら。

人だけは多いので私たちの尾行もバレることなく、ベース女子は駅の中へと入っていく。

「絶対に逃がさないよ！」

京子からは強い意気込みが溢れている。同じ元町高校生だとしたら、なんとしても軽音部に勧誘するつもりだろう。

私ももう一度テイルレッドのコスプレをしてもらって、一緒に写真撮りたさはある。

「あ、トイレに入った」

さすがにトイレの中までついていくのは憚られて、私たちは自販機の陰に隠れて出てくるのを待つことにする。

腕を組んで張り込む京子。じっとトイレを睨んでいるけど、不審者と間違われない？

ベース女子を待っていると、私は違和感を覚える。

「……あれ？　なんか変じゃなかった？」

「何が？」

「あの子、男子トイレに入っていったよ？」

慌てて追いかけてきたから見逃しそうになったけど、ベース女子が入って行ったのは確実に男子トイレだった。

「え、なんで？　間違えたの？」

「も、もしや……？」

まったく気づいてもいなかった京子が男子トイレのほうを確認する横で、私はとある仮説に至ろうとしていた。

ツインテール。美少女。コスプレ……。

もしやその正体が男子だとしたら⁉

「それって『俺ツイ』そのままじゃないの！」

急にテンションが上がる私に、京子が一歩引いた。

「ちょっと青春。またスイッチ入っちゃったの……？」

「男子がテイルレッドに変身してたの！　これはガガガのお導き！」

興奮が最高潮に達したそのときだった。さっきのベースバッグを担いだ子が、男子トイレから出てきたのは。

「確保――！」

「ちょっと、青春？」

私はその女装男子に向かって突撃していた。ガガガ好きを逃さないという、野生の本能で。

「え？　なにを……。って、うわぁ！」

私は女装男子を背後から羽交い締めにする。その声から、やっぱり男子に違いなかった。

「誰ですか？　放してください！」

混雑する駅の構内で、さすがに何事かと私たちは注目を浴びてしまう。

!?
?
通

「なんでもないですから！　コミケの余興の一環ですのでご心配なく！」

両手で大きく手を振りながら、京子が行き交う人たちに説明する。

「いろいろ事情を聞かせてもらうよ。テイルレッド！」

「テ、テイルレッド？　なんですか、それ？」

「とりあえず落ち着いて、青春！」

私たちは女装男子を連れて、近くのカフェに避難することにした。

コミケに同人誌を買いに来たはずが、私はなぜかテイルレッドを捕まえていた。なぜ？


「誠に申し訳ございませんでした……」

「いえ、僕のほうこそ、すいませんでした……」

コミケの戦利品を検めている客ばかりのカフェで、私とテイルレッドは向かい合って同時に頭を下げた。ごちんとテーブルにおでこがぶつかった。

「まさかテイルレッドのコスプレをした男子に会えるなんて思ってなくて……」

「青春は暴走すると止められないの。許してあげて」

京子も私と一緒に謝ってくれる。

私は何度同じ過ちを犯してしまうのだろう……。

「でもさ、同じ学校とは思わなかったよねー」

アイスコーヒーを飲みながら、京子が言う。

このベース女子あらためベース男子から、すでにひと通りの事情を聞いていた。

「僕も同じ学校の人に見つかるとは思ってなくて……」

須磨和馬。もちろん男子で、私たちが睨んだとおり元町高校の一年生だった。

さっきまでのメイド服と赤髪ツインテのウィッグを外した彼の真の姿は、すごく気弱そうな男の子だった。今も大きな目を潤ませてもじもじしている。

肌もきれいだし、髪もサラサラ。大きめのジャージの裾をきゅっと握って怯えているようだ。

さっきまで堂々とベースを弾いていたとは思えない。

「和馬くん、さっきのコスプレはアルバイトだったんですよね?」

冷静になるとまた人見知りを発動させる私は、年下の男子にも敬語で尋ねる。

あのテイルレッドも、メイドリも、バイトだったらしい。

「僕はベースを弾くバイトがあったんで、応募しただけなんです。そしたらコスプレをしろって言われて。何回も着替えさせられて、あちこち行かされて……」

和馬くんは時系列を追いながら丁寧にことの顚末を話してくれる。

ベースありきのバイトだと思ったら無理やりコスプレさせられた、というのが彼の事情らしい。しかし運営に女装でも大丈夫と判断させるとは、和馬くんのポテンシャルの高さゆえだろう。

「一度でいいから大勢の前でおもいっきりベースを弾いてみたかったんです。僕、ずっと一人で弾いてたから……」

「じゃあ普段からコスプレの趣味はないんですか？」

「全然！　あんな短いスカートをはいて、すごく恥ずかしかったんですから」

和馬くんはきゅっと肩をすぼめ、頬を赤らめた。

この子、推せる！

同じ学校の下級生にこんな男子がいたなんて。かわいさが溢れてない？

「まったく男子とは思いませんでした。コスプレの才能ありますよ。ていうかテイルレッド、めちゃくちゃ似合ってました！　センスしかないです」

「あのヒーローみたいなやつですか？」

「そうです！　できたらもう一回あのコスプレを……」

「ちょいちょい。コスプレよりベースの話、ベース！」

私がコスプレを褒めてると、京子が割り込んでくる。

私も忘れかけていたが、京子は和馬くんを軽音部に勧誘しようとしているんだった。

「あたしもギターやってるんだ。それで話をしたくて追っかけてきたのに、途中で青春が暴走しちゃってややこしくなったんだけど……」

「ご、ごめん……」

　私は背中を丸めて小さくなり、もう一度謝る。

「それでね、さっきの和馬の演奏を見て、感動したの。嫉妬かもしれない。もうこれは一緒にやるしかないって思ったの」

　京子は身を乗り出し、いよいよ本題に入る。和馬くんの勧誘だ。

「軽音部に入らない？　あたしと一緒にバンドを組んでほしいの」

　単刀直入だけど、しっかり気持ちのこもった勧誘をする京子。

　私も緊張しながらその二人を見守る。

「それは、無理です……」

　和馬くんは力のない声で答え、椅子に立てかけてあったベースバッグをきゅっと握った。

「バンドを組めばおもいっきりベースを弾けるんだよ？　もう一人で弾かなくていいんだよ？」

　京子の言うとおり、和馬くんがバンドに入ることを断る理由がないように思えた。

「あたしと一緒に堂々とバンドでベースを弾いてよ。一人で弾いてるのはもったいないよ」

「そうですけど……」

　言葉を濁す和馬くんを見て、私と京子は顔を見合わせる。

　何かバンドを組めない理由があるのかもしれない。

「一人で弾くのも否定しないよ。じっくりと自分と、音楽と向き合えるしね。でもバンドはまた違った楽しさがあるんだよ？」

　下を向いたままの和馬くんに、京子が優しく語りかける。

「バンドで演奏するってすごいんだよ。三分とか四分の曲の中で、メンバーの心を一つに合わせて一曲を作り上げていく。それってすごく楽しいんだから！」

　京子は和馬くんのベースバッグをちらっと見る。

「それがバンドでしか得られない絆だと思うんだ」

　絆――。

　音楽は詳しくないし、ずっとぼっちだった私には無縁な言葉だけど、それを聞いてなんだかぞくっとした。

「でも、僕にできるかどうか……」

「できるかできないかじゃなくって、やるかやらないかだよ」

　まだ弱気な和馬くんをまっすぐ見て、京子はゆっくり言う。

「それがパンクなんだから！」

　京子の言葉には不思議な力がこもっていた。

　だけど説得するにはいたらず、和馬くんは俯いたままだった。

「僕だって、バンドで弾いてみたい気持ちはあります。やってみたいです。でも親にバンドを組みたいなんて言ったら、反対されるし……」

つらそうな声の和馬(かずま)くん。

「言ってないだけで反対されてるわけじゃないんでしょ？　だったら……」

「絶対に無理です！　そんな野蛮なことって、反対されるに決まってます。このベースもこっそり隠してるんです。バンド活動をしているところを親に見つかったら、もう二度とベースを弾けなくなるかも……」

京子(きょうこ)の言葉を遮り、和馬くんは唇を噛(か)む。

そこまで言うということは、和馬くんの家はかなり厳格な家柄なのかもしれない。

「だったら諦めるの？　和馬はベースがやりたいんだよね？」

「そ、それは……」

京子の言葉に、言いよどむ和馬くん。

好きなことをやるのは難しいよね。私も京子に出会って気づいたから。

ベースの才能があるのに、やりたいことがやれない和馬くんのことを思うと、胸が痛む。

ベースだけじゃなくて、コスプレもあんなに似合ってるのに……。

コスプレ？

そうだ！　私は名案が閃(ひらめ)き、膝を打つ。

「和馬くん、コスプレしましょう！」

大声で叫んでしまい、店内の注目が私に集まる。

「青春。今大事な話をしてるんだから、それはあとに……」

「違うの。コスプレをしたままバンド活動すればいいんだよ！」

私は敬語になるのを忘れるくらい興奮していた。

「コスプレ、ですか？」

一方で小声になる和馬くん。

「ひとまず親に和馬くんだってバレなきゃいいんだよね？　さっきのコスプレ、私たちも男子とはまったく気づかなかったもん。あれならバンド活動してても、絶対にバレないと思う」

あの美少女がまさか男だと思うまい！

「それいいじゃん！　さっきのツインテなら、誰も和馬だってわかんないよ。ガールズバンドとしてやっていけばいいんだから」

京子も、私の案に乗っかってくる。

「でも……」

「胸を張って！　和馬くんなら最高の女装ベーシストになれるよ！」

何の根拠もないが、私が和馬くんの女装を見たいので最大限のエールを送る。

ていうかもう一度テイルレッドのコスプレも見たいしね。どんどん推していきたい。

「やりたいことをやるためには、変わるしかないんだよ。自分の足で踏みださなきゃ、何も変わらないんだから」

それはパンクと出会い、バンドを組もうと決めた京子のポリシーでもあった。

「そうかもしれないです……」

京子の熱い言葉に、ようやく和馬くんは顔を上げる。

「僕は、こそこそ隠れず堂々とベースが弾けるようになりたいです！」

「じゃあ決定！」

ついに京子と和馬が固い握手を交わす。

「はい……！」

まさかコミケで京子のバンドメンバーが見つかるとは思ってもいなかったけど、出会いなんていつどこで始まるかわからない。ていうか、またガガがきっかけで出会ってしまうなんて、ちょっと最近運命の出会い多くない？

「ところで軽音部って？　うちの高校に軽音部ってありましたっけ？」

素朴な疑問を口にする和馬。さすがにベースをやってるだけあって、よく気づいたね。

「ないの。だから作るの。なんだってゼロから作り上げるのが、あたしのやり方だから。一緒にがんばろう！」

自信満々にウインクする京子。

「そ、そうなんですね……。が、がんばります」

年下の男の子は恥ずかしそうに、両手でグラスを持ってカフェラテを飲む。

何はともあれ、軽音部設立に向けて二人目の部員が加わったみたいだ。

ところで、何かを忘れているような……？

「あぁ、そうだった！」

私は椅子をひっくり返して、豪快に立ち上がる。

忘れてた！　もみけつ先生の同人誌を買いに来たんだった！

「どうしたの、青春？」

「コミケに行かなきゃ！　もみけつ先生の同人誌が売り切れちゃうので、私はこれで！」

私は大急ぎでカフェを飛び出した。大量の同人誌を抱えてほくほくしているコミケ客に逆流しながら、一目散でビッグサイトへ向かった。

「早く行かなきゃ売り切れちゃうよ。もみけつ先生……！」

私がここへ来た目的に向かってばたばたと全速力。

京子は和馬というベーシストを見つけて軽音部設立への一歩を歩み始めた。一方で私のラノベ部は、まだ影も形もない。

だけど京子の決意と行動力を見てると、私は私でがんばってみたくなっちゃった。

京子に追いつけるように、私はとりあえずビッグサイトへと駆けこんだ。

さて、このあと私はお目当てのもみけつ先生の同人誌が買えたかどうか。それは言わぬが花でしょう。ちーん。

HARACTERS]

KAZUMA
SUMA

NAME]

須磨和馬

[PROFILE]

元町高校1年生。
実は音楽一家に
生まれたエリート。
ベースの腕前は可愛いでは
済まさないレベル。

私の読書におけるポリシー。それはいかなる場所においてもブックカバーをつけないということ。

たとえ青チャートやターゲット１９００に間違われても、場所が電車であっても教室であっても、私は堂々とガガガ文庫の青いカバーを丸出しで読み続ける女でいたい。そう思っています。かしこ。

……話を結んでいる場合じゃなかった。

私が伝えたいのは、ライトノベルの素晴らしさなの。

多ジャンルで誰もが共感できる懐の広さがある読書体験はラノベの醍醐味なんだ。しかも美麗なイラストが随所に入っていて、二度美味しいとはこのことですよ。

もっとラノベを読んで、布教していきたいな……。

ということで我が元町高校でラノベ部設立を目指している私、早乙女青春。

まだクラブ設立条件の、私以外の部員二人はまだ見つかっていないのです。反省。

そんな私なんだけど、この夏休みはラノベを読んでいるだけだと思われては心外なんだよね。

実は私、読むだけじゃなく書くんです。

「さ、今日の執筆を……」

夏休みの最終週。まだ残暑が残る中、私はエアコンの効いた部屋で一丁前にエナジードリンクを持ってパソコンの前に座る。

もちろんただの趣味レベル。ウェブに自作小説を投稿しているんだ。

今やウェブ小説もいろいろあって、一番有名なサイトでは二五〇万人もの登録者がいる。すべて無料で読めるし、ここでヒットすれば書籍化されることもある、夢のような世界なんだ。

ペンネームは「アオ」。プロフィール欄には「元町のＪＫ」と書いてある。誰かに気づいてほしい気持ちもあって、ちょっとだけ匂わせ。

そこに投稿している私の小説。タイトルは「異世界つなひき帝国」。

異世界に転生した綱引きチャンピオンが、スキル「引き寄せ」を使って無双する成り上がりストーリーだ。

現世では引きこもりだったが、異世界では幸運を引き寄せ、女子たちと惹かれ合い、決して退くことはない主人公。趣味はコーヒーを挽くこと。とにかく引き寄せまくって、異世界に平和をもたらす……。

思いついたときは書籍化の依頼がくるかもって小躍りしたけど、今のところほとんど誰にも読まれていない。なかなか難しい世界だ。

「ふぅ、今日の更新終了」

今日も二千字ほど書いて達成感を味わっていると、私のアカウントに通知が届いていた。

「わわわ、感想コメントだ」

ウェブ小説ならではの楽しみの一つが、読んでくれた読者から感想が届くことだ。今まで感想コメントをもらうことはなかったので、変な声が出てしまう。

「ちゃんと読んでくれてる人がいたんだ……」

ウキウキで感想ページに飛んでみた。するとそこに書かれていたのは――。

『ストーリーがよくある成り上がりもので、主人公も無双キャラでテンプレどおり。会話も不自然なものが多く、ネガティブな独り言が多い。これじゃ書籍化は無理だと思います』

「お、おう……」

感想コメントが届いて喜んだのも束の間、がっつり辛辣な内容だった。

会話が不自然で独り言が多いって、現実の私がぼっちなんだから仕方ないじゃない……。

「そんなこと、言われなくてもわかってるもん……」

コメントは作者にとって有益になることも多々あるが、中には心を抉ってくる辛辣なコメントもある。もしや、これが荒らしというやつ？

「はぁ、ヘコむなぁ……」

せっかく感想がもらえたと思ったのに、よりによってクソコメとは。

的を射すぎてて何も反論できないのがつらい……。

見なかったことにしてベッドに寝転がる。こういうときはお気に入りのラノベでも読んで気分転換しようとするが……。

「ていうか、腹立ってきた……」

一瞬落ち込んだけど、だんだん怒りに変わってきた。

よりによってほとんど誰にも読まれていない私の小説に、どういうつもり？

私だって書籍化できるとは思ってないし、ただの趣味だし。

「この恨み、晴らさでおくべきか……」

完全に八つ当たりだとわかってるんだけど……。

もう一度パソコンに向かい、そのコメントをした読者を確認してみる。

ユーザーネームは「ＴＯＭ」。自身の本名から取っているとしたら、トモミ、トモゾウ、ヨリトモ……。さすがにトム・クルーズなわけはないわよね？

この小説投稿サイトはユーザー登録しなきゃコメントもできない仕様なので、ＴＯＭのユーザーページを開いてみる。自ら小説を投稿しておらず、読み専らしい。

「小説を投稿してたら仕返しにクソコメしてやろうと思ったのに」

目には目を、歯には歯を。そしてクソコメにはクソコメを。

「あ、ＳＮＳのリンクが……」

ＴＯＭのユーザーページにはＳＮＳのリンクが張りつけてあった。

現代においてＳＮＳとは、生存証明であり私生活を映す鏡でもある。その人のＳＮＳを見れば人となりや思想、行動範囲まで解明されかねない。

「ＴＯＭの私生活を暴いてやる……」

これは私の好きなものを否定した者へのリベンジよ。

すでに夏休みの宿題は七月中に終えてしまったし、予定は何もないし、暇だけはあるからね。

さっそく、ＴＯＭのＳＮＳの調査にかかる。まずは最近の投稿をチェック。

「こ、これは……！」

ぼっち探偵・早乙女青春（さおとめあおはる）、いきなり大仕事をしてしまう。

それはＴＯＭの昨晩の投稿だった。

『あー、宿題終わんないよぉ』

その一言とともに、宿題と思われる数学の問題集の写真が添付されていた。映り込んでいる指にはピンクのマニキュアが塗られている。

おそらく私と同じく夏休み中の学生だ。しかも女子の可能性が極めて高い。

さらに開かれている数学のテキストの項目が「関数と極限」だった。これは数学Ⅲの範囲であり、ＴＯＭは高校三年生の理系コースと推測される。

私じゃなきゃ見逃しちゃうね。くっくっく。

引き続き、ＴＯＭの投稿をチェックしていると、さらに決定的なものを発見してしまう。

それはインターハイの女子バレーの試合の記事に『一回戦突破やったね！　おめ！』とコメントをしていたのだ。どこかの高校のファンなのかな？

私はその写真を拡大する。すると、その勝利した高校のユニフォームには、「元町高校」と書かれているではないか。

「もしやＴＯＭ、うちの高校の生徒なの……？」

私の眼鏡がきらりと光った。ような気がした。


「というわけなの。協力してください」

学校の最寄り駅のカフェ。私は床に膝をつき、二人を見上げる。

リベンジャーズ・ハイとなった私は、勢いで京子と和馬くんを呼び出し、ＴＯＭ特定のために土下座をしようとしているところだった。

「青春さん、こんなところで土下座はやめてください！」

「だって、お願いするときは誠意を見せなきゃ……」

「土下座しなくても伝わりましたから」

周りを気にしながら私を立たせてくれる和馬くん。

「TOMを見つけ出したいの。お願い！」

私も椅子に座って、二人にもう一度お願いする。

「……それ、夏休みの最終日にすることかなー？」

夏休みの宿題のテキストを持ち込んでいる京子が眉をひそめた。さっきから宿題をやっているよりもペンを回している時間のほうがはるかに長い。

「それってネットストーカ……」

「和馬くん。これは世直しよ。世界中のウェブ作家のための」

私はコミケで知り合ったコスプレベーシストの須磨和馬の心外な指摘を否定する。

和馬くんは今日は家にいたらしく、もちろん女装はしていない。白いシャツが初々しく、かわいい男子のままだ。

「で、そのTOMって奴を見つけてケンカでもする気なの？」

手持ち無沙汰になったのか宿題は諦めたのか、京子はペンを鼻の下に挟んで器用に喋る。

「ケンカなんてするわけないよ。ただ私の小説にケチをつけた人がどんな人なのか知りたいの。そっと遠くから見るだけ……」

「それはリアルなストーカーからリアルストーカーじゃ……」

ネットストーカーからリアルストーカーに昇格したみたいだ。なんて不名誉なの。

「こほん。というわけで、このTOMを見つけ出したいから手伝ってほしいの」

わざとらしく咳払いをして、場を整える。

「でもうちの高校の生徒だったら、それこそ明日二学期が始まってから探すほうが見つけやすいんじゃないですか？」

和馬くんが至極まっとうなことを言ってくる。

ふふふと私は一笑し、待ってましたとばかりにスマホをテーブルに置く。

「そうなんだけど、これを見て。ＴＯＭのアカウントなんだけど」

画面は今朝のＴＯＭのＳＮＳの投稿だった。

『夏休み最終日なので、遊びに行ってきまーす！』

「うーん。でもこれじゃ……」

「で、最新の投稿がこれ」

せっかちな京子を抑えて、スマホをスワイプする。つい一時間前に投稿されたＴＯＭの最新の投稿が流れてくる。

『秋葉原ー』

その一言とともに、ピースしている指と秋葉原駅の写真が添えられている。今日もピンクのマニキュアが秋葉原の街に溶け込んでいた。

「ＴＯＭは今、アキバにいるのです」

どーん！

私は鼻を膨らませて、会心のドヤ顔。これが私の情報収集能力よ。

「敵は今まさに秋葉原にいるの。行ってみる価値はあると思う」

二人の指摘に挫(くじ)けることなく、これから本能寺に向かう明智光秀(あけちみつひで)の覚悟で私は主張する。そこに信長がいるんだから行くしかないでしょ？

「どうやらクソコメされたことを相当根に持ってるみたいですね……」

「和馬も気をつけてね。青春(あおはる)の趣味をディスったら、地獄の果てまで追っかけてくるよ」

「ちょっと、なんか言った？」

「いえ、何も！」

和馬くんが目をパチクリさせながら否定する。

「秋葉原だったら青春一人で行けば？」

「だってだって、私一人でＴＯＭに出くわしたらどうするの？」

「それが目的じゃないの？」

「そうだけど、万が一のこともあるし、一緒についてきてよぉ……」

私は迷子の猫みたいな情けない声を出す。

「小学生じゃないんだから。こんなにかわいい和馬だって一人で行けるよね？」

「かわいいとか言わないでください。アキバくらい、僕だって行けます」

ぷくっと頬(ほお)を膨らませる和馬くんは、もうかわいい以外に形容のしようがなかった。今の表情のアクスタ作りたいくらい。

「そんなこと言わないでよぉ。コラボするって言ってたでしょ……」

「こんな八つ当たりのリベンジ、軽音部とラノベ部の活動に関係ないよね？」

「や、八つ当たりじゃないし……」

京子にそこまで言われると、私も言い返せずに落ち込んでしまう。

だよねだよね。私の勝手な復讐に付き合わせるわけにはいかないもんね。私なんて一人でリベンジもできないクソネガティブ日陰女だもんね。

「青春さんが暗い影を背負いながらぶつぶつ言ってますよ！　太陽の光さえ憎い！　これは闇堕ちフラグです」

「もう、わかったよ。ほら、こっちに戻ってきな」

「ほ、ほんと？」

京子の一言に、私は歓喜の声を上げる。

「だけどあたしは宿題があるんだよね。どうしよう、これ？」

京子がテーブルに並べている五教科分のテキストは、開いた形跡もないくらいピカピカだった。夏休み最終日というのにまったく手をつけていないって、逆にどうしたの？

「あとで手伝ってあげるから。和馬くんには推しのラノベ貸すし、お願いします……」

私は両手をこすり合わせて二人にお願い。

我ながらなんという執着心だろう。自分の好きなものを否定されることに対するモチベーシヨンは、行動力の燃料となるんだな。

「もう。ちょうどギターの弦のストックがなくなったから、お茶の水の楽器屋に買いに行くついでに付き合ってあげる」

しゃーなしって感じで、京子が了承してくれた。

「僕もラノベが読みたいと思ってたんで、お付き合いします」

優しい京子と、かわいい和馬くん。ほんと助かる。

「ほんとにありがとう。いざアキバ！」

私たちはＴＯＭを探しに秋葉原へ向かうことになった。


秋葉原。

ラノベが趣味の私にとっては、聖地でもある。

最近のラノベは初回特典が充実しており、店舗によって付属する特典が異なることも多々ある。書き下ろしSSや、イラストカードなどの特典のほかに、限定タペストリーなどのグッズも店舗限定で売られることがある。コンプリートするにはいろんな店舗をまわる必要があるが、秋葉原ならこの周辺だけですべて事足りるんだよね。

ガガガ文庫が発売される毎月18日は、ぜひ秋葉原へ！（↑ダイマ）

「もう追い詰めたも同然。クソコメの恨み、こっそりひっそり遠くから晴らしてあげる……」

JR秋葉原駅の電気街口を出たら其処は私の庭、大遊戯場アキハバラ！

「青春さん、秋葉原に来たとたん、イキイキしてますね」

「この前、渋谷に行ったときはひっくり返った亀みたいだったんだよ」

京子と和馬くんが小声で何か言ってる。適材適所ってこういうことなのよね。

「で、TOMの心当たりはあるの？」

私一人で勝手にテンションが上がっていると、京子がTOMの手がかりを尋ねてくる。

「顔もわかんないし、どうやって見つけるつもり？　もうどっか行ったかもよ？」

とりあえず秋葉原駅の前でたたずむ私たち三人。周りは数えきれないほどの人たちが右へ左へ行き交っている。

「とりあえずピンクのマニキュアをした女子高生を……」

「そんなの何人いるのよ？　一人ひとり指のチェックする気？」

京子が呆れるように、両手を広げた。

「ど、どうしよう……」

怒りに身を任せて突っ走ってきたが、ここにきてノープランが露呈し不安が押し寄せてくる。

「あ、青春さん。新しい投稿が」

私の代わりにTOMのSNSをチェックしていた和馬くんが、スマホを見せてくる。

「どこどこ？」

「どうやらゲームセンターにいるみたいですよ」

それは棒状のものを持っているＴＯＭの手と、薄暗いゲームセンターの店内の写真だった。

「あ、そこにゲーセンあるよ？　とりあえず行ってみる？」

すぐに京子が駅前のゲームセンターを見つけるが、私はじっとその写真を見つめていた。

「青春、早く行こよ」

「ちょっと待って。これは……？」

今にも走りだそうとする京子のリュックを握って止める。

「どしたの？」

「ＴＯＭが握っている棒は『太鼓の超人』ていう音ゲーのバチだよね？　それにこの店内の音ゲーの充実度、赤くて薄暗い照明、店員の服装、そして客層……。これはゲームパーク秋葉原三号店だよ」

どーん！

ぼっち探偵・早乙女（さおとめ）青春、その写真のわずかな情報からゲーセンを割り出すことに成功する。

「マジで……？」

「ストーカー……」

京子と和馬くんが若干引いているが、褒め言葉と捉えましょう。

私は二人を引っ張り、ゲームパーク秋葉原三号店へと向かった。

目的地のゲームパーク秋葉原三号店へも迷うことなく着店。そして音ゲーフロアの三階へと急行する。

エレベーターが開いた先にはさっきのＴＯＭの写真と同じ光景が広がっていた。

「これは青春の推理どおりっぽい？」

赤暗い照明、音ゲーの充実度、店員の服装……。

ドンピシャすぎて、京子が引いている。

伊達に何年もアキバに通っているわけじゃない。ゲーセンの特徴も織り込み済み。

「あっちだ」

ＴＯＭがプレイしようとしていた「太鼓の超人」エリアに向かう。

「い、い……た！」

あっさりその姿を見つけて、私は超小声になる。敵は間近と勇んでいたが、実際に見つけると足がすくむ。

そこには一人で「太鼓の超人」をプレイする女子がいた。長髪を振り乱し、両手にバチを握って縦横無尽に太鼓を連打している。

トタタタトタトン！　タンタントトトン！

そのバチさばきたるや、疾風の如く。速すぎてもはやスローに見えてしまうレベル。しかもリズム感や正確性も完璧で、みるみる高得点を叩き出していた。

「す、すごいね……。なんかギャラリーもいるし」

すごい数の男性がその女子を取り囲み、異様なまでに熱狂している。

私たちは音ゲーの筐体の陰に隠れて、その女子のプレイを眺める。

「見てください。ピンクのマニキュアをしてますよ」

和馬くんも気づいたらしく、私はごくりとつばを飲み込む。

確かにバチを握る指には、さっきSNSで見たピンクのマニキュアが塗られていた。

だがまだ特定するには決定的な証拠がない。

「ふぅ……」

どうやらプレイが終わったようで、細い指でバチをくるくると回している。

「今日も姫はハイスコアを更新したようだぞ……」

「さすが『秋葉原のYOSHIKI』の異名を持つだけのことはあるな」

「あのグルーヴとリズム。もはや世界レベルだ」

プレイを見守っていたギャラリーの男たちがひそひそと話している。

ひ、姫？　この人たち、TOMのファンなの？　言ってることはよくわからないが、とにかくこの界隈では有名な女子っぽい。

どうやらハイスコアを記録したらしく、画面には得点が表示されていた。

『TOM　1009100』

このプレイヤー名……。

「TOM……。見つけた……」

ワンピースに長髪という、後ろ姿だけでは清楚系女子といった風貌のTOM。

ファンらしき男が姫と呼ぶその顔だけでも拝んでやろうと、振り向くのをじっと待つ。これが私のサイレント・リベンジ。

息をのみながらそのときを待っていると、隣でしゅたっと動く気配がした。

「え、京子？」

声をかけるが、京子は一直線にTOMのもとへと向かっていく。

ちょっと待って、バレたらダメなんだよ？　ケンカしに来たわけじゃないんだから……。

「あなたがTOM？」

なんと京子がTOMに直接声をかけた。

その思わぬ行動に、私はただ茫然と見守ることしかできない。

そしてやおら振り返るTOM。それは一目見ただけでもわかる、美人だった。

「……あ！」

隣で和馬くんが声を出し、とっさに口を手で覆った。

「どど、どうしたの？」

錯乱状態の私はもう小声になるという選択肢を放棄していた。

「やっぱり青春さんの推理どおり、うちの高校の生徒ですよ。あの顔、見覚えがあります」

「え、そうなの？」

「はい。三年生の、明日香先輩ですよ。白川明日香」

一年生の和馬くんがなぜ知っているのかわからないが、私もＴＯＭこと白川明日香の顔を今度こそきっちり拝む。

とにかく顔がいい。女の私ですら惚れ惚れするほどの美人だった。大きな瞳に高い鼻、すらっとスタイルもよく雪を欺くほどの白い肌。しかも胸も大きいんだから、チートすぎる。

隣で和馬くんがちょっと顔を赤らめているのも頷ける。

なんでこんな目もあやな美女が秋葉原で太鼓を叩いてるの？

渋谷とか代官山でショッピングしているほうが似合いそうだけど……。ていうか、ウェブ小説読んでいるようには思えない。

「本当に、あの人が……？」

遠目から顔を確認して優越感に浸るという超消極的なリベンジだったが、逆に不安になってきた。

かといって直接聞くわけにはいかないし……。

困惑する私は置いてけぼりで、京子はＴＯＭこと明日香先輩と対峙している。

「ＴＯＭってハンドルネーム、明日香のTomorrowから取ってるんですね？」

ＴＯＭの由来をあっさり暴く京子。そういうのはぼっち探偵の私の役目なのに……。

「そうだけど、あなたは？」

「田中京子、同じ元町高校の二年生です。まさか先輩にこんな趣味があるとは思いませんでした」

「そう？　ゲームセンターも面白いのよ。毎日通ってるうちに上手くなって、全国レベルになっちゃった」

明日香先輩は恥ずかしそうに、太鼓の超人のバチを持ち上げた。

「なんであんな美人が毎日アキバのゲーセンに通ってるの？　彼氏とかいないのかな？」

独り言のように、和馬くんに尋ねる。

「彼氏っていうか……。明日香先輩の噂、知らないんですか？」

噂？　私は「なにそれ」と目を細めると、和馬くんは「あくまで噂ですよ」と前置きして教えてくれた。

「明日香先輩、すごい美人じゃないですか？　色気もあるし、もちろん男子も放っておかないというか、告白されまくるらしいんですね」

私の耳元に寄ってきて、いっそう声をひそめる和馬くん。

あれで男子にモテなかったら、さすがに嘘だ。噂というか、当たり前じゃんと反論しようとしたら和馬くんが先を続ける。

「でも明日香先輩、断るわけでもなく、思わせぶりな態度をして誰とも付き合わないんです。そしたら男子たちも自分に気があると思って、アタックし続けるわけじゃないですか？　でも誰とも付き合わない。いずれ男子たちは疲れはて、精魂を抜かれていくんです。明日香先輩がいなくては生きられない体になるとかならないとか……」

想像以上の噂に、私は開いた口が塞がらなくなる。

「男子を骨抜きにして生殺しにする明日香先輩に、ついたあだ名は『元高のサキュバス』……」

和馬くんがぶるっと震えるのがわかった。

「な、なんておそろしい……」

それって男子の恋心を吸い取る魔性の女？

「つまり、悪女ってこと？　姫とか呼ばれてたし、さっきの人たちも……？」

さっき姫呼ばわりしていた男たちは、今は遠くから明日香先輩のことを眺めていた。あれが精魂を抜かれた成れの果て？

「そんなことをしてるから女子からはハブられて、学校では孤立してるというか……」

和馬くんはどこか悲しそうに、眉を落とした。

「だから彼氏どころか友だちもいなくて、毎日ゲーセン通いしてるのか」

まさか明日香先輩、美人のくせにぼっちという希少種なの……？

「そんなに暇を持て余してるんだったら、私のウェブ小説にクソコメをしていてもおかしくないよね？　ね、和馬くん？」

「ええっと、そうなんですかね……？」

「その可能性は極めて高いよね？」

「はあ、そうかもしれないです」

私の推理を、和馬くんに無理やり賛同させる。

だよね？　魔性の女ならやっててもおかしくないよね？

「やはりこの恨み、晴らすしかない……」

正当化完了。私の中でリベンジの炎が再び燃え始めたところで、京子(きょうこ)は明日香先輩にとんでもないことを言い出す。

「明日香先輩、あたしとバンドやりませんか？」

「ちょちょちょ、ちょっと！」

私は陰から転がるように飛び出し、京子の言葉に真っ先に反応してしまった。

もちろん明日香先輩は突然転がり出てきた不審者を見て、言葉を失っている。

「京子、何言ってるの？　ここに来たのはそういう理由じゃなくて……」

「青春(あおはる)も見たでしょ？　すごい腕だし、あれならドラムも叩けるよ」

どうやら京子(きようこ)はマジのようだ。マジと書いて本気のやつ。

「いやいや、ドラムと『太鼓の超人』は違うんじゃない？　音ゲーだよ？」

私が反対しているのは明日香(あすか)先輩が私の仇敵(きゆうてき)であるからで、京子の軽音部設立のための部員集めに反対しているわけではない。

だって、クソコメしてるんだよ？　サキュバスなんだよ？

「ゲームだってリズム感とか正確性は抜群だよ。それにあれだけのギャラリーを湧かせるパフォーマンスは簡単にできないよ」

京子の言うとおり、全国レベルだって褒められてたけど、男子たちを湧かせてたのはまた別の理由があるんじゃない？

「だけど……」

「青春、小説にクソコメされたことをまだ根に持ってる？　ここはあたしに免じて……」

「わーわー！　もうそれは言わなくていいの……」

空気を読まない京子が、余計なことをぶっちゃけてしまう。

本人に言う必要ないんだから。これは私の自尊心を満たすためだけのふんわりリベンジなんだし……。

「どういうことぉ？」

「なんでもないです、なんでもないです……」

私は顔を真っ赤にしながら、必死でごまかす。こんな直接対決は望んでなかったのに。

「もしかして、あなたも一緒にバンドを組んでいるのぉ？」

いきなり介入してきた私にも、にっこり笑顔を振りまいてくる明日香先輩。

まさにキラースマイル。話し方もさっきの鬼人のような太鼓叩きが嘘のように、おしとやかで上品でドキドキしてしまう。

でもでもでも、私は男子と違って簡単にほだされませんから。

「私はラノベ部設立を目指している、早乙女青春です」

舐められないように、私はしっかり自分の名前を名乗る。

京子に名前を褒められてから、こうやって名乗るのにも抵抗がなくなってきてるんだから。

「まあ、素敵なお名前ね」

す、素敵だなんて……。

目を輝かせながら胸の前で手を合わせる明日香先輩に、私はたじろいでしまう。

素敵な名前と言われて嬉しいけど、そんな簡単に騙されないし。それもどうせ演技なんでしょ？　そうやって男子の精魂を抜き取ってきたんでしょ。

両眉をぎゅっと寄せ、気を確かに持つ。私はサキュバスの餌食にはなりませんから。

「ラノベ部っていうことは、青春ちゃんもラノベ読むんだ？　私も最近読み始めたのよぉ」

ラ、ラノベ？　まさかのワードが飛び出してきて、私はさらに焦る。

明日香（あすか）先輩は筐体（きょうたい）の横に立てかけてあったバッグをがさごそ探り、一冊の本を取り出す。

「ほら、これ」

「ガガガ……？」

私は明日香先輩が持っている青い背表紙のラノベを二度見した。

それは「俺ガイル」の二巻だった。

「夏休みも特に予定がなくって、ラノベ読んでみたら面白かったの。それで秋葉原に続きを買いに来たのぉ。青春（あおはる）ちゃんも読んだことある？」

圧倒的な不意打ちだった。

言うまでもなく、もちのろんだ。私も「俺ガイル」に人生を変えられたんだから。

「当然、読んでますよ……」

ハイタッチしたい気持ちを抑えて、ぶっきらぼうに答える。だけど内心はドキドキＭＡＸ。

私のオタク心がふつふつと湧き上がってくる。

「わあ、気が合うね。嬉（うれ）しい！」

明日香先輩は甘えるように、ぎゅっと私の腕にからみついてくる。

このフレンドリーさ、グイグイ来る積極性、そしていい匂い……。

「む、むむむ……」

きゅんです。こんなの、無理です。

リベンジどころか好きになっちゃいそうだった。

本当にこんな人が、私の小説にクソコメをしたのかな？　やっぱり人違いかな？

「最近はウェブ小説も読んで将来性がある作品にはコメントしたりもしてるの。昨日も元町高校の生徒っぽいユーザーを見つけたから、ついコメントしちゃった」

「……そうなんですか」

うん。これは私の小説にもクソコメしてるね……。こんなことなら、プロフィール欄で匂わせなきゃよかった。

京子と和馬くんも察したらしく、苦虫を噛みつぶしたような顔をしていた。

だけど、明日香先輩と話していると、そこまで悪女とは思えない。

同じ趣味を持っているとは思わなかったし、明日香先輩とはむちゃくちゃ気が合いそうだし。

……もしかして、私もサキュバスの魅力にやられちゃってる？

「京子ちゃん、軽音部の件。ドラムは叩いたことないけど大丈夫？」

私の乱入によって脱線していたが、明日香先輩が話を元に戻す。

「全然大丈夫です。誰だって最初は初心者ですし、素質はあると思います」

「だけど私、これまでもいろいろな部活に入ってみるんだけど、人間関係がギスギスしちゃって、すぐに辞めるのよねぇ。なかなかやりたいことが続かないんだぁ」

頬に指を置きながら、寂しそうに言う明日香先輩。

それはあなたがサキュバスで、サークルクラッシャー化したからでは？

「だから本音で語り合えるような友だちが欲しいのよね。軽音部に入ったら、みんなと仲良くなれるかな？」

「今のところ軽音部はみんな女子みたいなものだし大丈夫じゃないですかね……？」

京子も事情をくみ取り、軽音部にはサキュバスの影響がないことをアピールする。

あっちの筐体の陰に隠れている、男子の和馬くんから抗議の視線が刺さってくるけど無視しておこう……。

「じゃあ、ひとつ提案いい？　軽音部とラノベ部って兼部できるのかな？」

「え？」

私と京子を交互に見て、明日香先輩は思わぬ提案をしてきた。

「兼部？　できると思いますけど……」

「バンドにも興味があるし、ラノベにも興味があるの。せっかくだから、どっちもやってみたいなぁと思って」

「そ、それって……？」

「軽音部とラノベ部、どちらにも入っていいかな？」

明日香先輩が、ラノベ部に……？

私は突然の提案に、理解が追いつかない。

「うちの高校は兼部も大丈夫だと思いますよ！」

和馬くんがいつの間にかひょこっと現れた。

「あ、僕は須磨和馬です。軽音部で京子さんとバンドを組んで、ベースをやる予定です」

ちょこんと丁寧に頭を下げる和馬くん。明日香先輩の前で照れているようだ。

「あたしがギターボーカルをして、和馬がベース。明日香先輩がドラムをやってくれたら、これでメンバーが揃って軽音部が作れるんです。お願いします！」

京子が真摯に頭を下げる。

「それにラノベ部にも入ってくれるんだって！　青春、いいよね？」

「ラノベ部にも……？」

部員集めが最大の難関だと思っていたので、これは渡りに船だけど……。

「そうよ。京子ちゃん、青春ちゃん、和馬くん。私と友だちになってね」

明日香先輩はにっこりと微笑む。

もうリベンジとか言ってる場合じゃない。昨日の敵は今日の友ってやつ？　ファンタジー小説でもサキュバスが仲間になることもあるし……。

「それだったら僕もラノベ部に兼部します。青春さんと出会って、ちょっとラノベにも興味が出始めましたし」

「え、ほんと？　和馬くんも兼部してくれるの？」

健気でかわいい和馬くんまでラノベ部の部員に自ら立候補してくれた。

「え、じゃあ……？」

和馬くんと明日香先輩がラノベ部に入ってくれるんだったら……。

「これで軽音部もラノベ部も三人揃ったよ！　条件クリアだよ！」

京子が勢いよく親指を立てる。

なんということだ。

これでラノベ部を作るための条件が揃っちゃった……。

「明日の始業式でさっそく申請書を出しに行こうよ！」

「いよいよですね」

「友だちがいきなり三人もできちゃった。うふふ」

「うわ、どうしよう？　ラノベ部、本当にできちゃうの……？」

四者四様の反応。私はまだ信じられないでいる。

出会い方はちょっと普通じゃなかった私たちだけど、夢がついに現実に変わろうとしていた。

京子と出会って一か月ちょっと、ぼっちで河原で叫ぶことしかできなかった私が部まで作ろうとしている。

ずっと一人でいたけど、こうやって仲間ができると、とんとん拍子に事が進んでいく。

新しいことを始めるドキドキと、達成することのキラキラ。私はもしかしたら青春ってやつをしてるんじゃない？

なんでも前向きに考えることが大切なんだって気づき始める。

ついにラノベ部ができるんだ！


「軽音部とラノベ部、どちらも認めることはできない。以上」

二学期の始業式が終わり、私たち四人は部設立のための申請書を持って生徒指導室を訪れていた。

部活動担当の長田先生は、私たちが提出した申請書に「不受理」という赤いハンコをばちんと押して突っ返してきた。

無慈悲な対応に、前向きに考えようとする私の気持ちがへし折られた。

「ええ？　なんで？　ちゃんと部員も三人集めましたよ？」

予想外のことに京子が反論するが、長田先生は素知らぬ顔で足を組み替える。

「書類にも不備はないはずですよねぇ？」

明日香先輩も必殺の笑顔で先生に聞き返す。

「……言いたいのはそれだけか？」

国語教師のくせにいつも白衣を着ている長田(ながた)先生は、私たちを値踏みするように睨(にら)んでくる。

美人教師として定評のある長田先生だが、塩対応すぎて生徒からはひそかに恐れられている。どこか冷めた目で、独特の緊張感を生み出している。

私もすでにビビりすぎて、ぞくぞくと背筋が凍るような感覚に陥っている。塩っていうか、もうジョロキアレベルで辛すぎる。

「うちの高校、兼部してる生徒もいますよね？」

和馬(かずま)くんもちょっとビビりながら、丁寧に確認する。

「部を新しく設立する際に関しては、兼部は認められん。きちんと校則にも書いてあるはずだが？」

そう言うと長田先生は白衣の胸ポケットから赤ペンを取り出し、部員欄の和馬くんと明日香(あすか)先輩の名前にチェックを入れた。

私たちは顔を見合わせ、首を横に振る。みんな校則までは確認してなかったみたい。

「そ、それじゃあ、せめて軽音部だけでも認めてください。和馬くんと明日香先輩のラノベ部兼部は解消しますから……」

私は恐怖に震える体に喝(かつ)を入れ、長田先生に訴える。

この兼部の件は、まったく部員が見つからない私のことを思って和馬くんと明日香先輩が気を利かせてくれたことだ。校則で禁止されているのならば、黙って共倒れする必要はない。

「青春、いいの？」

「うん。ラノベ部のほうは、私がちゃんと部員を見つけるから。最初からそのつもりだったし」

私は精一杯強がった。内心は泣きそうだったけど、それが私の責任であり仕事だ。みんなに甘えてばっかりじゃダサいもん。

「おいおい。兼部を解消してもこの申請は認められん」

長田先生は髪をかき上げながら、冷たい目で私を睨んできた。

ひ、ひー……。こ、こわい！

「なんでダメなんですか？　理由を教えてください。これじゃ納得できません！」

京子が真っ青になって動けなくなった私に代わって、長田先生と向かい合う。

対する先生も生徒相手にまったく引くつもりはないらしく、バンと机に手を置いた。

「なら教えてやろう。うちの高校には吹奏楽部がすでにある。軽音部は活動内容が重複しているので不受理とした。以上」

長田先生は抑揚のない口調で理由を述べ、席から立ち上がった。

「待ってくださいよ。吹奏楽部と軽音部はまったく違いませんか？」

納得いかない京子と、呆然とした表情の私たち。

「それはお前の考えだろう？　部設立の基準は私の独断と偏見で決める」

しかし長田先生は聞く耳持たず、憮然とした表情で言い切った。

「そんな……。先生の独断で決めていいんですか？　吹奏楽部じゃバンドは組めないじゃないですか？　ちょっと、先生？」

　そんな不満たらたらの京子の声は聞こえなかったかのように、長田先生はそのまま生徒指導室を出て行ってしまった。

　もちろん、軽音部は認められないまま。

「ど、どうしよう……」

　長田先生の容赦なく有無をも言わせぬ言動に、私はおろおろするしかなかった。

　ラノベ部はまだしも、軽音部まで却下されたことに動揺を隠せない。

「なんとかするしか……、ないよね」

　さすがの京子も、声に力がなくなっていた。

　和馬くんと明日香先輩も、受理されなかった申請書を見つめていた。

　こうして私たちの部設立計画は、振り出しに戻ってしまった。

[CHARACTERS]
ASUKA
SIRAKAWA
[NAME]
白川明日香
[しらかわ　あすか]
[PROFILE]
元町高校3年生。
無自覚で距離が近く、
すごくいい匂いがする。
暇潰しで音ゲー全般を極めており、
リズム感が抜群。

「独断と偏見ってなんなのよぉぉ――――！　こんちきしょうめぇぇ――――！」

「しー！　誰かに聞かれるよ」

「だって、青春もいつもここで叫んでるんでしょ？」

「私はちゃんと電車が通ってるときだけだよ」

「そんなの待ってらんないよ。長田先生のバカ――――！」

私の制止も聞かず、京子はぷりぷりに荒れていた。

そう、ここは私がいつも不満を叫びにくる河原だった。

長田先生に部設立の申請を却下され、ストレス発散になればと思いみんなを連れてきたんだけど、さっきから京子の長田先生ディスだけが平和な川に響いている。

「なんで青春ちゃんはこんなところで叫んでたのぉ？　ストレス？　お姉さんが話くらいなら聞いてあげるよ？」

「いやぁ、いろいろありまして……」

私の日々の不満がこの川の底に眠っているとは言えやしないよ。

「でも長田先生の言うことにも一理あるような気もしますよね。むやみやたらに部活を認めるわけにはいかないでしょうし」

和馬くんは芝生の上で三角座りをして、川の流れを眺めながら言う。

軽音部は吹奏楽部と活動内容がかぶるので却下され、ラノベ部は兼部で部員を補おうとしたが却下されてしまった。

「でも兼部ができないのは誤算だったよね。ラノベ部はどうしよう？　青春ちゃん、ほかに友だちいるの？」

少しだけ申し訳なさそうに眉を下げる明日香先輩。だけど、容赦なく私の心にグサグサ刺さってます。もうちょっとオブラートに包んでください……。

「それは私がなんとかするので大丈夫です。だから和馬くんも明日香先輩も軽音部優先で入部してください」

私は精一杯、強がる。本当は落ち込みまくってるんだけど……。

「青春さんのお手伝いをしたかったんですけど……」

「私もよぉ。ラノベ部には入れなくても、ラノベのお話はしましょうね？」

嬉しいことを言ってくれる後輩と先輩。それだけで胸がいっぱいになる。

「生徒のやりたいことを否定するなんて教師失格だよ。バーカバーカ！」

相変わらず京子だけはまだ川に向かって叫んでいる。

怒ってもしょうがないし、長田先生に認められる方法を考えなくちゃ。

「長田先生とケンカしたら余計に認めてもらえないよ。むしろ仲良くしなきゃ」

「仲良くっていっても、教師と生徒だから友だちではないしねぇ？　それにあんな生徒に厳しい物言いじゃ、難しくない？」

こんな河原に似合わない明日香先輩は、風で揺れるふわふわヘアーを撫でながら話を聞いてくれる。

「そうだ。逆に吹奏楽部を潰せば、軽音部が認められるんじゃない？」

京子が物騒なことを言い出す。

「でもうちの吹奏楽部って全国レベルの強豪よね？　簡単には潰せないでしょうけど、やりがいはあるわね……」

「明日香先輩、本気にしないでください……」

なんとかしたい気持ちはわかるけど、ルールがあるので正攻法でいきましょうよ？

「たとえば、先生のお手伝いをするとか？　ノートを運んだり、校舎の掃除とか。あと、花壇のお世話とか」

和馬くんがすごく優等生な意見を出してくれる。花壇の世話とか、かわいいかよ。

「もしくは長田先生の絶体絶命のピンチを救うのはどう？　何かの拍子で悪の組織に拉致されたりしないかしら？　命を助けたら部活の一つや二つくらい許可してくれるよねぇ？」

明日香先輩は昨晩ヒーローものアニメでも見たのだろうか。人のことを言えないけど、オタクの妄想は際限がない。

「よし、あたしが長田先生を拉致するから、青春がヒーローやって」

「そういうのはマッチポンプっていうの。それじゃ京子が悪者になるだけでまったく解決しないし」

「じゃあ長田先生に贈り物でもする？　お饅頭の下に札束でも隠して」

「完全に賄賂だよ。それもダメ」

京子の案はすべてイリーガルみが強いので却下で。

「あれもこれもダメダメってー。じゃあ青春が決めてよ？」

不満げに足元の石ころを蹴とばす京子。

「そんなこと言われても……」

私はこれまでのことを整理しながら、何か光明を見つけようとする。

「そもそも吹奏楽部とまったく活動内容かぶってないよね？」

「まったく違うよ。あっちはトランペットとかサックスとか金管楽器や木管楽器が中心でしょ？　こっちはバンドを組むわけだし、大違い」

京子が不貞腐れながら、その違いを説明してくれる。

「昔は元高にも軽音部があったわけだもんね……」

その昔、軽音部の文化祭でのライブを見て、京子はバンドを作ろうと思ったのだから。

「そうなの？　じゃあ廃部になったってことぉ？」

「そうみたいです。理由はわからないけど……」

明日香(あすか)先輩の質問に、私が答える。

「軽音部が廃部になった理由に何かヒントがありませんかね？　昔の卒業アルバムとか見れば、何かわかるかも」

和馬(かずま)くんがアイデアをくれる。なるほど、調べてみる価値はありそう。

「長田(ながた)先生、何か軽音部に対して恨みでもあるのかしらねぇ？」

明日香先輩が何気なくつぶやく。

「バンドとかロックが嫌いとか、ですかね？」

和馬くんも真剣な顔で考え込んでいる。

個人的な恨みがあるから認めないっていうのも、それはそれで私怨(しえん)だ。

「だったら、長田先生にバンドのことも好きになってもらえれば、軽音部も認めてくれるのかな？」

私は三人を見渡し、思いついたことを口に出す。

「先生と戦うんじゃなくて、巻き込んでみるのは？　パンクやバンドがすごいってわかってもらえれば……」

パンクやバンドを好きになってもらえば、味方になってくれるんじゃない？

これは発想の転換。ネガティブからポジティブへ。私らしくない思いつきだ。

「私もこの前、京子にライブハウスに連れて行ってもらったんだ。そこで見たバンドがすごくて、パンクとかバンドに興味が持てたの。先生も知らないから反対してるだけかもしれないし」

ライブハウスでは死にかけたけど、今となってはいい経験になってるのは本当だ。

それに京子のことを知ることができて、一気に距離が縮まったから。今では私もガガガSPをちょっとずつ聴くようになったんだ。

それと同じで、長田先生もただの聴かず嫌いだったとしたら？

「僕はいいと思います。先生とケンカをしても仕方がないですしね」

「先生にもバンドとかパンクのことも好きになってもらいましょうよぉ」

和馬くんも明日香先輩も賛同してくれた。

「でも、どうしたら好きになってもらえるんでしょうか？」

「青春ちゃんみたいに、ライブハウスに連れて行くわけにはいかないしねぇ？」

「で、ですよね……」

言い出しっぺの私もいい案が思いつかずに黙り込んでいると、京子が切り出す。

「……ガガガSPに『ミュージック』って曲があるの」

さっきからじっと川を眺めていた京子が、染み入るような声でつぶやいた。

「どういう曲なの？」

「あたしたちからミュージックは奪えやしないぜ、そんな曲。きっと方法はあるはずだよ」

京子も正攻法での長田先生攻略に納得してくれたようだ。

「長田先生にパンクを好きになってもらって、軽音部を認めてもらおう！」

最後は京子がまとめ、静かな川に私たちの前向きな決意が響き渡った。


みんなと別れて、私も帰宅。

軽音部については長田先生にバンドを好きになってもらって認めさせるという目標ができた。そのためにどうすればいいか、各自で考えることになった。

一方で私のラノベ部に関しては振り出しに戻って部員探し……。

「とりあえず今は軽音部のためにできることをやろう」

私と京子はお互いのクラブ設立のために協力し合う約束をしている。自分のことだけを考えているわけにもいかないし、精一杯協力しよう。

「私にしかできないことで手助けだ」

と、私はスマホを取りだした。まずは情報収集、敵のことを知ることで解決策を見つけ出そうとする。

和馬くんからネットストーカー呼ばわりされたけど、情報収集能力には定評がある。あの明日香先輩を特定したくらいですから。

まずは手始めにと、「元町高校　軽音部」で検索してみる。もしかしたら廃部になった理由が出てくるかもしれない。

「あ、いろいろある……」

個人ブログを中心に、昔の軽音部の情報はすぐに見つかった。元町高校に軽音部があったことは間違いない事実のようだ。

ブログを読んでいると、当時のバンドや文化祭の記事まで残されていた。中には卒業後にプロになった人もいるらしく、写真つきで紹介されている。

「先輩たち、すごかったんだ……」

あまり期待していなかったんだけど、さすがネットはすべてを知っている。

でも逆にプロのミュージシャンを生み出すような軽音部が、なぜ廃部に？

謎は深まるばかりと、そのプロになったバンドのアーティスト写真を見ていると……。

「え、ちょっと待って？」

そのバンドの中の一人の女性の顔が、ふと目に留まる。

「どこかで見たような？　でも……？」

NAGATOWNというバンドのボーカルだった。

ダメージ加工のTシャツを着たバンドの女性ボーカルは、攻撃的な目つきでこちらを睨んでいる。

プロデビューしているとはいえ、私は初めて見たし、もちろん曲も聴いたことはない。だけどこの女性を見ていると、ぞくぞくと背筋が凍る感覚がする。

この既視感はなんだろう？　ていうか、恐怖？

この冷たい目、今日どこかで見た記憶が……。

「な、長田先生!?」

それは今日の放課後の生徒指導室。クラブ設立の申請書を却下されたときに睨まれたときの目だ！

まさかまさかと思いながら写真を凝視すると、ぼんやりと長田先生の面影が浮かんでくる。

「え？　ということは長田先生って元高の卒業生ってこと？　しかも軽音部だったの？」

思わぬ方向から飛び出してきた長田先生情報に、私の頭の中がごちゃごちゃになる。

長田先生がバンドを組んでプロデビューしてた……？

今度はそのバンド名の「NAGATOWN」で検索してみる。

「わっ！」

いきなりトップに出てきたネット記事を見て、私はベッドの上から飛び起きる。

『NAGATOWN解散。ユーコ（Vo）インタビュー』

それは五年ほど前の音楽情報サイトの記事だった。

恐るべし情報社会。ネットはすべてを知っていた……。

「ユーコ……？」

私は衝撃のあまりひっくり返るのを我慢して、ユーコのバンド解散インタビューを読む。

簡単に経歴をまとめると、こうだ。

NAGATOWNは現役大学生４人組の青春パンクバンド。高校時代の同級生で結成し、高校卒業後に下北沢のライブハウスを中心に活動。インディーズながらＣＤを発売し、精力的にライブ活動を続ける。ユーコが書く等身大かつ文学的な歌詞が若者に受け、熱狂的なファンを獲得。青春パンクブームと共にバンド全盛期を迎えるも、メンバーの大学卒業と同時に解散を決意する。

「そして長田先生爆誕ってこと……？」

パンクバンドのボーカル、国語教師になる。こんなの月九でドラマ化余裕じゃん？

「やばいやばい……。はわわ、どうしよう？」

部屋で一人小躍（こおど）りするが、困惑は収まらない。

このとんでもない情報を一人では抱えきれない私は、京子（きょうこ）・和馬（かずま）くん・明日香（あすか）先輩と一緒に作ったグループＬＩＮＥ「軽音部（仮）」にこの激やばネタを投下する。

長田先生にバンドを好きになってもらうもなにも、過去にパンクバンドを組んでいたという事実。しかもＣＤまで出してるなんて。

白衣の長田先生とパンクバンドのユーコの姿が頭の中でぐるぐる回る。ええっと、どっちが本物の長田先生なの？

私も部屋の中でぐるぐる回転していると、メッセージが返ってきた。

『これマ？　長田先生、坂東やって他の？』

真っ先に反応してきたのは京子だった。私以上に興奮しているのか困惑しているのか、誤字がひどい。正しくは「長田先生、バンドやってたの？」だろう。長田先生は坂東ではない。

私の大発見を見たメンバーからも、ぞくぞく返信が届く。

『長田先生にこんな隠された過去があったとは。五年前ということは年齢的にも一致してるんじゃないですか？』

『バンドやってたのになんで認めてくれないの？　本当に嫌がらせなのかな？』

冷静に分析する和馬くんと、もっともな意見の明日香先輩。

『明日の放課後、あの河原に集合！　坂東先生が長田やってたんなら、話は早いよ！』

坂東先生って誰よ。京子はいったん落ち着いて。

ごちゃまぜになってる京子はスルーして、明日もみんなで集まることになった。

長田先生がユーコなら……。

軽音部設立に向けて、希望の光が見えたような気がした。

そして翌日。

私は昼休みに図書室に行くことにした。

衝撃的な長田先生の過去を調べるためだ。

「失礼します……」

そっと図書室の扉を開けると、静謐（せいひつ）な空気と本の香りが漂ってくる。読書が趣味の私は、それだけで落ち着いてしまう。

「あの、昔の卒業アルバムとか置いてないですか……？」

恐る恐るカウンターの図書委員と思われる女子に尋ねる。

長田先生が卒業生なら、卒業アルバムを見れば何か新しい情報が見つかるはずだ。

「卒アル？　ああ、ここにはないよ。たぶん、校長室とかにはあると思うけど？」

図書委員は頬杖（ほおづえ）をつきながら、鷹揚（おうよう）に答える。

校長室まで調べに行くのは、ちょっと大事になりそうだな……。私のコミュ力で理由を説明するのは難しそう。

「そうですか。ありがとうございました……」

「どうしたの、何か調べたいことでもあるの？」

ぺこりと頭を下げてお礼を言い、どうしようかとカウンターの前でうろうろしていると図書委員が親切にも声をかけてくれた。

「いや、その……」

「何か調べものがあるなら手伝うよ。どうせ誰も本なんて借りに来ないし暇だから」

「え、あの……」

「あ、私は山田。ただの図書委員、怪しい者じゃないよ」

人見知りを発動させて挙動不審に陥っているだけの私を、山田さんは親指を立てる。自分から怪しくないと言う人を信じていいものか、一瞬悩む。

それに、長田先生のことを調べているなんて言えないし。

「元町高校に昔、軽音部があったと聞いたんですけど……」

山田さんの好意を無視できず、差し支えのなさそうなことを聞くことにした。

「軽音部？　ああ、それで卒アルを探してたの。私は知らないなぁ。先生にでも聞けばいいと思うけど……。長田先生なら知ってるんじゃない？」

和馬くんも言ってたけど、軽音部の廃部の理由も調べておきたかったし。

山田さんから突然、長田先生の名前が出て私はびくっと体を震わせる。まさにそれを調べるためにここに来たんだけど……。

「長田先生ですか？」

「あの人、この高校の卒業生だし、知ってるんじゃないかと思って」

「やっぱり長田先生は卒業生だったんだ……」

「知らなかった？　それに教師になる前に音楽やってたんでしょ？　軽音部のこと、何かしら知ってるんじゃない？」

どうやら昨日ネットで調べたことは、嘘じゃなかったみたい。

「NAGATOWNのユーコですよね？」

「どうしたの？　長田先生の話になったら一気に食いついてくるよね？　軽音部のこと調べに来たんじゃなかったの？」

「それもですけど、これもです」

こうなったら遠慮している場合ではない。

「バンド時代の写真見たことある？　今とは全然違うよね？」

「そ、そうですね……」

メイクや髪型は違うけど、あの目つきだけは隠しきれていなかった。

なおさら高校時代の卒アルが見られればいいんだけど……。

「CDまで出したらしいし、もったいないよね。でも音楽を諦めて教師になったんだから、もう少し生徒には優しくしてくれないかな。あの塩対応はやりすぎじゃない？　まだバンド時代のことを引きずってるのかもね」

山田さんは長田先生の不満をここぞとばかりにぶちまける。

じゃあ、今も音楽に未練があるのかな？　軽音部復活を目指す私たちに嫉妬してるの？　だから反対してる？　それってやっぱり八つ当たりだよね？

長田先生の新情報を整理するにつれ、余計に本当の姿がぼやけてくる。

「私が喋ったって言わないでよ？　長田先生、昔のバンドの話をするとガチギレするらしいから気をつけてね。鉄拳制裁を食らった生徒もいるとかいないとか」

「き、気をつけます。ありがとうございました」

図書委員の山田さんにお礼を言って、図書室を後にする。

長田先生の過去について、信憑性が増してしまった。

元町高校の卒業生で軽音部に入っていた長田先生は、バンドを諦めて教師になった……。

そんな長田先生に軽音部を認めさせるには、どうすればいいんだろう？


放課後。

「青春、遅いよ！」

「ごめん、遅れちゃった」

転ばないように慎重に河原に下りると、すでに私以外の三人は集まっていた。

「昼休みに図書室で調べたんだけど、やっぱりNAGATOWNのユーコは長田先生で間違いないと思う」

さっそくみんなに報告する。

図書委員の山田さんから聞いた話と照らし合わせても、それは確実っぽい。

「しかも元高の卒業生で、軽音部にも入っていたんですよね？」

和馬くんがあらためて確認する。

「だったら後輩たちの音楽活動を応援してくれたっていいのにね？　やっぱり軽音部に恨みがあるのよぉ」

明日香先輩も納得いかないように首をかしげる。

「CDデビューまでしたのに、大学卒業と同時に解散して教師になったみたいなの。結果的に音楽を諦めることになって、音楽をやろうとしている生徒が気に食わないのかな……？」

図書室で聞いた話を繋ぎ合わせながら、長田先生の気持ちを想像する。だけどそんなの、寂しすぎるよね。

「バンドを解散した理由はわからないけど、長田先生的にはずっと音楽を続けていきたかったんじゃないかな？　CDまで出したからこそ、私たちのことを甘いって思ってるのかも」

京子の言うことも、納得はできる。

「よく言えば、叱咤激励ってやつ？」

私はできるだけポジティブに言い換えた。

プロだった長田先生は、バンドを組もうとしている私たちに対して自然と厳しくなっているのかもしれない。恨みじゃなくて、試しているみたいな……？

長田先生の過去はある程度見えてきたけど、軽音部設立を反対する理由は憶測でしかない。

「じゃあやっぱり長田先生を認めさせるには、これしかないよ」

京子は地面に置いていた大きなバッグを持ち上げた。

「ギター？」

京子が持っているのは、ギターバッグだった。

「切札召喚よ。長田先生に認めてもらうには、これであたしたちが本気だってことを見せるしかないよね」

京子はバッグからアコースティックギターを取り出した。

「さっき青春さんが来る前に話してたんです。僕たちの気持ちを認めてもらうしかないって」

「でも私たち、まだバンドを組んだばかりで練習もしてないでしょ？　だから京子ちゃんが弾き語りで長田先生を納得させるって」

私が来る前に、もうすでに結論は出ていたみたいだった。

「でもそれで長田先生、認めてくれるかな？」

「あたしに任せて。話してもわかんないんだから、音楽で示すしかないよ！」

京子は自信満々のようだった。

「学校から帰る途中の長田先生が、たまたま弾き語りをしている京子ちゃんに会うという設定。先生は京子ちゃんの演奏に感動して、軽音部の設立を認めてくれるという流れ。完璧でしょ？」

明日香先輩が段取りを説明してくれる。今の段階で熱意を伝えるにはそれしかなさそうだけど、そんなに簡単にいくだろうか。

「何を歌うかは決めてるの？」

「もち、ガガガＳＰ！」

聞くまでもなかったみたい。

ガガガＳＰの曲なら、パンクバンドを組んでいた長田先生にも伝わるはずだ。

私も京子の歌を聴いたことはなかったので、素直に楽しみなんだけど……。

「どんな理由があろうと、見せるしかないよ。あたしたちの本気を」

今すぐに熱意を見せたくてたまらないというように、京子は気合が入っていた。

だけど私は期待もあったけど、不安も感じていた。

そんなにうまくいくのかな……？


午後六時。

弾き語りをするのなら人通りの多い駅前がもってこいの場所なんだけど、今回はそれが目的じゃない。たった一人に向けた、たった一人に認めてもらうための演奏。

駅の近くに公園があり、その前の道はちょうど元町高校の通学路になっていた。

「ここだったら絶対に先生も通るはずだよ」

ちょうど向こうの角から先生が曲がってくるはず。そこを狙い撃ちだ。

「だね。私たちは公園で見守ってるからがんばってね、京子」

「うん。あとは任せて」

親指を立てて自信満々に、京子は公園の入り口付近に陣取った。アコギを肩にかけ、ピックで弦を撫でるようにチューニングしている。

空を染める夕焼けがビルの合間から、スポットライトみたい京子を照らす。

私たちは公園の奥、大きな象さんの滑り台の陰からその様子を見守ることにした。

「気合入ってますね、京子さん。ギターを持つ姿もオーラが出てるようです」

夕日で逆光になる京子の後ろ姿を見つめながら、和馬くんはしきりに感心している。ちょっと興奮しているのがかわいい。

「青春ちゃんは京子ちゃんの歌を聴いたことがあるのぉ？」

明日香先輩は緊張とは正反対、超リラックスしているように髪を触っている。

「私も聴いたことないんです。だからちょっと楽しみなんですけど……」

そうは言いながら、ぎゅっと握る拳には自然と力がこもっていた。

楽しみなんだけど、緊張でドキドキが止まらないでいる。これで軽音部が認められれば、そう願う気持ちでいっぱいだった。

「あ、始まります！」

ジャラランと、夕暮れの景色に溶けていくギターの音色。それは長田先生がやってきたという合図でもあった。

初めて聴く京子のギターのメロディは、なぜか懐かしさを感じられた。

「『心のページ』だ……」

この曲、私は知っている。ガガガ文庫とコラボした曲の中のひとつだから。

アコギの弾き語りなので音源とはちょっと違ったけど、そのイントロで気がついた。

「青春さんもガガガSP、聴くんですか？」

「うん。京子に影響されてね」

私はちょっとだけ、自慢げに言う。

今の生活に希望を見いだせない日々。いつの間にか忘れてしまった青春。あの頃に聴いていた曲や、読んでいた本が、まさに青春の一ページだった。あの日のメロディや言葉が、もう一度青春を思い出させてくれる。いつまでも心の底を燃やしてくれるから――。

「心のページ」はそんな曲だった。

バンドをしていた長田先生に青春を思い出させるにはぴったりな選曲だと思う。

私たちは京子の歌声をしっかりと聞き届けようと、しばしの沈黙が満ちる。

……はずだった。

「あれ？」

京子の歌声がギターの音色に重なると同時に、私は違和感を覚えた。

「……京子さん？」

それは和馬くんも同じだったらしく、思わず顔を見合わせる。

京子の歌が……。え？　ちょっと思ってたのと違う……？

「ねえ、京子ちゃんの歌、あれがパンクなの？　ちょっと声が細すぎない？」

私と和馬くんが抱いていた違和感を、明日香先輩があっさり言語化してしまう。

「パンク……」

私の中でのパンクはガガガSPであり、この前のライブハウスで見た激しいバンドのようなものだと理解していた。

だけど京子の歌は、そのパンクとはかけ離れていたんだ。下手ってわけじゃないんだけど、何かが物足りない？

「京子さんの歌声、とってもかわいいというか、ウィスパーボイスというか……」

「だよねぇ？　まったくパンクじゃないよね？　上手いんだけど、歌と声が全然合ってないよ」

明日香先輩の言葉に忖度(そんたく)は一切ない。厳しすぎる気もするけど、今回はまったくそのとおりだった。上手いけど、何かが違う。熱が足りないというか……。

京子の声は、まったくパンクって感じじゃなかったんだ！

「で、でもギターは上手いです！　ギターはパンクなんですけど……」

このなんとも言えない空気を察して和馬くんがフォローしようとする。

「私たち、パンクバンドを組むんだよね？　京子ちゃんのあのボーカルで大丈夫？」

明日香先輩も、ちょっと困っているみたいに小首をかしげる。

「あ、長田先生が来ちゃいました」

京子の歌に戸惑っていると、無情にも長田先生がやってきてしまった。

学校にいるときとは違って白衣も着ておらず、カツカツとヒールを響かせながら京子に近づいてくる。

先生に本気でパンクバンドをやりたいという気持ちを伝えるこの作戦。正直、あの歌声じゃ伝わるものも伝わらない。

これはまずいんじゃない……？

長田先生は公園の前まで来て、ギターを弾いている京子に気づきぴたりと足を止めた。

「田中(たなか)……。何をしている？」

夕焼けも凍るほどの冷たい声だった。

京子は演奏を止め、初めて先生に気づいたように白々しく顔を上げる。

「あ、長田先生。ちょっと歌を……」

「ちょっと歌を、じゃない。こんなところで歌ってたら近所迷惑だろうが」

腰に手を当てて、京子を見下ろす長田先生。まるで仁王像のようで、私のほうがぶるっと震えてしまう。

長田先生の注意に、京子だけは歯牙にもかけない様子で言い返す。

「先生もよかったら一緒に歌いませんか?」

「歌うわけないだろ。早く帰って勉強でもしろ」

「先生も青春を思い出してくれると思ったんですけど。NAGATOWNで歌っていたときのことを?」

「ほう……」

京子の一言に、長田先生の目つきが変わった。それは昨日見たネットの記事の、ユーコ時代の攻撃的な目に。

そういえば、長田先生にバンド時代の話は厳禁だって図書室で山田さんが言ってたよね? 鉄拳制裁を浴びた生徒もいたって。

やばい。京子に伝えるの忘れてた……。

「先生も青春パンク、好きなんですね? ……って、あれ?」

どうやら京子も先生の異変に気づいたみたいで、一瞬で真顔に戻った。

私には長田先生の背後にメラメラと炎のようなオーラが湧いてきたのが見える。あれは覇王色の覇気？　ちょっとヤバくない？

「それはどういう意味だ？　何か言いたいことがありそうだな、田中京子？」

ぽきぽきと指を鳴らす長田先生。これは鉄拳が飛んでくるやつ！

「君たちも出てきなさい。そこにいるのはわかってる」

わわわ、バレてた……。

キリッと、長田先生の鋭い視線が隠れていた私たちのほうにも向けられる。

私たちはシャキッと背筋を伸ばしてその場に立ち上がり、レミングスのように移動する。待っているのは死か、それとも？

先生の前に整列すると、生きた心地がしなかった。

「田中の歌はさて置き、君たちの言いたいことはわかった。そうやって本気度をアピールして軽音部を認めさせようってことだな？　ふふふ、いい度胸だ」

腕を組んで柳眉を逆立てる長田先生。パンクバンド時代のとんがった面影が復活したようだ。

「先生、あたしたちは本気なんです。軽音部を作って、バンドを組みたいだけなんです！」

魂胆がバレて、京子も開き直って直訴する。

「バンドを組むのなら、部活じゃなくても組めるだろう？　なぜそんなに軽音部にこだわる？」

京子の熱意が伝わったのか、少しだけ聞く耳を持ってくれたようだ。

「小学生のときに元町高校の文化祭で初めて見た軽音部のライブが、パンクを好きになったきっかけなんです。すごく盛り上がっていて、すごく楽しかった。あたしもあのステージで演奏したいって、そう思ったんです。バンドを組んで、みんなと一緒にあの風景を見たいんです！」

京子の隣で、和馬くんと明日香先輩も真剣な顔で頷いている。

その「みんな」という言葉の中に私が入っていないことに、ちょっとだけ嫉妬。

「文化祭のステージから、もっと大きなステージを目指していきたいんです。それがあたしの夢だから……」

京子はギターのネックをぎゅっと握り、はっきりと宣言した。

元町高校で軽音部を作る意味。それは京子の原点でもあり、夢への第一歩だから。

「大した自信だな、田中」

「自信じゃないです。確信です」

大言壮語と言われようが、それは京子の決心が強く刻み込まれた一言だった。

「……なるほど。君たちの熱意は理解した」

しばし熟考したのち、長田先生は深いため息とともに表情を緩めた。

「じゃあ！」

「ただし条件がある」

「え？　条件って、部員は揃ってますよ？」

「私を納得させる条件だ。軽音部ができるかどうかは私の独断と偏見なのだからな」

　驚く京子を見て、長田先生は不遜な笑みを浮かべる。

「来月の文化祭でライブをして、観客を一〇〇人集めることができたら軽音部の設立を認めようじゃないか。それが条件だ」

「ライブ？　観客を一〇〇人、ですか……？」

　和馬くんが驚くように繰り返す。

「そうだ。文化祭には体育館のメインステージのほかに、グラウンドにサブステージがある。そこはクラスの出し物や有志のパフォーマンスを中心に行う予定だ。そこに君たちのバンドの時間を作ってあげよう」

　独断で文化祭のタイムテーブルを書き換える力くらいは長田先生にはあるみたいだった。

「そこまで言うのなら、結果を出してみるといい。そしたら認めてやろう」

　長田先生は憮然とした表情で、私たちを見渡した。

「田中、夢だったステージで一〇〇人を集めるくらい簡単だろう。君たちのパンクバンドが目指すのはもっと大きなところだって言ってたよな？」

　長田先生はさらに京子を煽ってくる。

「わかりました。受けて立ちます。文化祭で一〇〇人集めて、あたしが子どものころに見た文化祭のライブを超えてみせます！」

　ぐっとこぶしを握って、先生の挑発に乗って堂々と宣言する京子。

　ところでライブで一〇〇人って、大丈夫なレベルなの？　私はまったく想像もつかないけど。

「ふふ。威勢がいいのは嫌いではない。君たちの夢とやらを見せてもらおうじゃないか。ふははは」

　心底楽しそうに笑う長田先生。もうラスボスですよね。

「そういえば、早乙女。君もラノベ部を作りたいと言ってたな？」

「へ？　は、はい！」

　急に話を振られて、私はびちっと背筋を伸ばす。

「せっかくだからラノベ部にも条件をつけてやろう。そうだな、早乙女もラノベを書いて文化祭で一〇〇冊売ってみろ。そしたら認めてやる」

「ひゃ、ひゃ、ひゃくさつ？」

　なぜかとばっちりというか巻き添えを食らう我がラノベ部。

「ちょうど文芸部と漫研の即売会があるので、そこで一緒に置いてもらうようにする」

　またも長田先生の強権発動。

「どうだ、早乙女。燃える展開だろう？」

　どうだと言われても私は愕然として、言い返す勇気もなく……。

「それでいいですよ。軽音部とラノベ部、まとめて認めさせます！」

私の代わりに京子が勝手に受けてしまった。

「ちょっと待って、京子……」

私は半分魂が抜けたような状態になって、京子に寄りかかる。

「よし、これで決まりだな。まあがんばりたまえ。あ、私からアドバイスだがバンドのボーカルは変えたほうがいいな」

「それどういう意味ですか？　ギターボーカルはあたしなんですけど？」

あ。やっぱり京子のボーカルはパンクに向いていないって、長田先生も思ってるみたい……。

「ふふふ。老婆心からのアドバイスだと思ってくれればいい。文化祭が楽しみだな！　ふははは！」

なぜか悪役のような笑い声を響かせ、長田先生は駅のほうへと帰っていった。カツカツとヒールの音を鳴らせながら、その背中には黒い羽と尻尾が生えているようだった。悪魔かな？

「絶対に認めさせてやろうよ。明日からはバンド練習ね！」

戦い開始の合図のように、ジャーンとギターを鳴らす京子。

「やるしかないですね……」

「そうね。こうしちゃいられないわぁ」

和馬くんと明日香先輩もスイッチが入ったようだ。

「待って待って、私はどうすればいいの？　ラノベ一〇〇冊って？」

頭の中がパニック状態で、私はその場でくるくると回り始めた。

私が書いたラノベが一〇〇冊も売れるわけないじゃないの……。

「青春（あおはる）もわかりやすい目的ができてよかったね。ラノベを書いて売ればいいだけだよ。簡単簡単」

「そんなぁ……」

勝手にラノベ部設立の条件も飲んじゃって、そんなの無理じゃない？

こうして軽音部とラノベ部は新たな目標ができたわけだけど、私のほうはとばっちりを受けてとんでもなくハードルが高くなってしまった。

ていうか、京子の歌のこと、どうするの？

2023.12.16 Release「心のページ」

とんでもないことになってしまった。

軽音部設立の条件として課されたのは、文化祭サブステージでライブを行い観客一〇〇人を集めること。

一方のラノベ部。私以外に部員二人を集めることに加えて、ラノベを書いて一〇〇冊売ること。こっちは完全にとばっちりを受けた感じ……。

どう考えても、ハードル高すぎない？　ぼっちの私にとって部員集めだけでも厳しいのに、さらに追加条件が鬼！

「ラノベを書くの？　私が？」

帰宅してからも部屋の中をずっとうろうろしている。

確かにラノベ部を作ろうと思ったのは、ラノベを語り合える友だちが欲しかったからだ。ラノベを推して、ラノベを普及させたい。その中に、自らラノベを書くという活動も含まれていてもおかしくはない。

現に私もウェブ小説を投稿しているし。最近はまったく更新もしていないけど……。

「自分で面白いと思って書いていたものを、評価されるのは怖いよ……」

感想や批判を書かれるのが怖くて、小説を書くこと自体がちょっとだけ億劫になっていた。

さらに今回は売れるか売れないという評価が、問答無用で下されることになる。

「がんばらなきゃ。でも……」

軽音部のほうは部員も揃って目標も見えて着々と進んでるんだから、私も……。

なんとか前向きにならなきゃと思うけど、文化祭でラノベを一〇〇冊売るというイメージがまったく湧かない。自分のことになると、やっぱりネガティブがぶり返してくる。

「どうしよう?」

書くしかないと頭ではわかっているのに、なかなか一歩を踏み出せない自分がいた。


二学期も通常授業が始まり、夏休みボケが薄れつつある残暑の校舎。

教室のどこかで響くポケット扇風機のブゥーンという音は、現代の夏の季語に認定済み。いつまでも夏が終わらない現代じゃ、芭蕉も夏の歌ばっか詠まなきゃいけない。

「あ、いたいた」

ホームルームが終わって放課後のチャイムが鳴ったとたん、教室の窓から手を振っているのは明日香先輩だった。

その美しく蠱惑的な笑顔を見て、男子たちは反射的ににやけている。そして女子たちはむっと顔をしかめる。男子のハートをがっちりキャッチし、女子からはがっつり嫉妬されている。

これが「元高のサキュバス」と呼ばれる明日香先輩の功罪だった。

「青春ちゃーん、一緒に帰りましょぉ」

次の瞬間、クラスではぼっちとしての立ち位置を確立している私が明日香先輩から声をかけられるという異常事態に教室はざわつく。

なぜか男子と女子どちらからも疑惑の目を向けられ、「どういう関係？」というセリフがクラス全員の頭の上でぷかぷか浮かんでいるのがわかる。

「明日香先輩……」

クラスメイトの視線を浴びながら、私は急いで鞄に教科書を詰め込んで席を立った。

「今日からバンド練習ですよね」

学校を出て、明日香先輩と二人で駅前に向かう。京子と和馬くんはちょっと遅れるって連絡があって、駅前で待ち合わせすることになっていた。

「京子ちゃん行きつけの貸しスタジオがあるんだってね？　楽しみー」

無邪気にほほ笑む明日香先輩に、私も慣れない笑顔を返す。

出会った当初から、明日香先輩のイメージはずいぶんと変わってきた。

男癖が悪いという噂が立ち、女子から嫉妬されてぼっちになってしまった明日香先輩。

空気が読めないときもあるけど、悪気なんか一切なく、駆け引きとか忖度をしないタイプなんだよね。だから時に辛辣なことを言ったりする。

「暑いのは嫌よねぇ。でも夏は好きよ、暑いから」

明日香先輩は手でパタパタと仰ぎながら、哲学のようなことを言い出した。

このように、いわゆる不思議ちゃんでもある。

「ドラムの練習とか、してるんですか？」

私は気になっていたことを聞いてみる。明日香先輩は「太鼓の超人」という音ゲーの腕は全国レベルだけど、ドラムはこれまで叩いたことがなかったはずだ。

「実はこっそりレッスンを受け始めたの。私だけ素人だから、足を引っ張るわけにはいかないから」

両手でドラムを叩くふりをして、私に見せてくれる明日香先輩。

「やっぱり音ゲーとは違うの。足も使わなくちゃいけないし、忙しいのよぉ。あ、練習してるの恥ずかしいから、みんなには内緒ね？」

明日香先輩がしーっと唇の前に人差し指を置き、私「はい」と秘密の約束をする。

「この前も言ったと思うけど、私もこれまでもいろいろな部活に入ったの。将棋部でしょ、鉄道研究会でしょ、放送部に写真部にも入ったかなぁ？」

「……いろいろやってるんですね」

「ぜんぶ本気でやるつもりだったのよ。だけど人間関係がうまくいかなくて、みんなに迷惑かけちゃうから長く続かなかったの」

それは明日香先輩がサキュバスでサークルクラッシャーになってしまうがゆえの悩みだった。

「でも今回の軽音部だけは私、最後までやり遂げたいの。京子ちゃんも和馬くんも仲良くしてくれるし、ドラムを叩くのがとっても楽しいの」

軽音部に誘われたことが本当に嬉しいといったように、明日香先輩の声が弾む。

「京子ちゃんが言ってたでしょ？　文化祭のステージからの風景をみんなで見たいって。私も、絶対に見てみたい。そのためにがんばってるの」

ふっと空を見上げる明日香先輩。まだ見たことがないその風景を思い浮かべるように。

明日香先輩も一からドラムをがんばってるんだ。

私もラノベが書けなくなったとか甘えたことは言ってちゃダメだって思えた。まだ何もやってないのに、最初から諦めてなんかいられない。

「青春ちゃんのほうはラノベは書けてる？」

明日香先輩の決心を聞き届けると、今度は私のほうに話題が向けられた。

「ええっと、か、書いてますん」

噛んでるし、どっちなの？

「ラノベ部を作るためには、書かなきゃだもんねぇ」

明日香先輩は曖昧に流してくれた。書けていないの、きっとバレバレだ。

「よかったら私が読んで、感想を言うわよ？　最近はいっぱいラノベも読んでるし、的確なアドバイスができると思うの。そういうの得意だし」

「そ、それは結構です……」

ここは丁重にお断りをする。

明日香(あすか)先輩、もうすでに私のウェブ小説には辛辣(しんらつ)な感想コメントをしてますからね……。

「実は悩んでるんです。どういうテーマで書けばいいのか、考えてたらまったく筆が進まなくて……」

感想は断ったけど、悩みを少し相談してみる。書くきっかけが見つかればと、藁(わら)にも縋(すが)る思いだったし。

「青春(あおはる)ちゃんが書きたいものを書けばいいのよ。悩んでばかりいるより、とりあえず書いてみなきゃ」

「そうなんですけど……。私に何が書けるのかわからないし、今回は一〇〇冊売らなきゃいけないし……」

その条件が、私の肩に重くのしかかっている。

「最初から結果ばかりを考えてても仕方ないよ？　私だってこれまでいろんな部活に入ってきたけど、やってみないとわからないことばっかだったよぉ？　私も『太鼓の超人』をやってみたら、こうやってバンドを組むようになったんだし。だから青春ちゃんも書かなきゃ何も始まらないよぉ」

軽い気持ちで相談したのに、明日香先輩からしっかりしたアドバイスをもらってしまう。

これが本当に私の小説に辛辣なコメントをした人なのかな？

「自分を信じて、ね？」

「自分を信じて……」

自分に自信を持つというのが一番苦手なんだよね……。

私はまたネガティブに考えてしまって、歩くスピードが遅くなる。

「こんなこと言ったら青春ちゃんは嫌がるかもしれないけど、友だちになれてすごく嬉しいの。こうやって誰かと一緒に帰れるなんて、高校に入ってから初めてだから」

遅れる私に気づいたのか、明日香先輩が急に話題を変えてきた。

「青春ちゃん、ラノベ部だけじゃなくって軽音部のことも手伝ってくれてるでしょ？　すごく気を遣えて、みんなのことを考えてくれてるなって思うの」

「そんなことないです。京子とは協力し合うって約束だから……」

立ち止まり、くるんとこちらを振り返る明日香先輩。そして、ぎゅっと私の手を摑んでくる。

「……明日香先輩？」

「約束を守れるっていうのは、才能だよ？　青春ちゃんは自分で気づいてないけど、いいところがいっぱいあるんだから。だからもっと自信を持っていいんだよ？　ね？」

明日香先輩は小さい子に教えるようにゆっくりと言って、ほほ笑んだ。

サキュバスだとか言われているけど、明日香(あすか)先輩は誰にでも優しいだけなんだ。

先輩は友だちが欲しかっただけ。それで嫌われたくなくてみんなに優しくするから、勘違いされて変な噂(うわさ)を立てられてしまっただけだもんね。本当はそんな人じゃないよね。

私は知ってるよ。明日香先輩の優しさを。

「私も、嬉(うれ)しいです。明日香先輩と友だちになれてよかったです……」

ようやく見つけた言葉は明日香先輩への感謝だった。

「明日香先輩のことが好きだから、文化祭でドラムを叩いてるところを見たいです」

私は言った後に顔が真っ赤になっていくのを感じていた。好きって、もう告白じゃない？

「青春(あおはる)ちゃん……」

握っていた手を離し、今度はぎゅっと私を抱きしめてきた。

ああ、明日香先輩の髪、いい匂いがする……。死ねる……。

「こうやって本音で言いたいこと言えるっていいね。私、これでずっと失敗してきたから。軽音部に誘ってもらえてよかった！」

「ですね。私もラノベ部を作るために、がんばってラノベを書きます」

明日香先輩に大きく背中を押してもらえた。これでなんとか乗り越えられそうな気がする。

なんたって私たちはもうぼっちじゃない。放課後に一緒に帰る友だちなんだから。

待ち合わせ場所の駅前に着いて、数分。

「青春、明日香先輩！」

京子が手を振ってこちらに走ってきた。背中にはギターバッグを担いで、練習する気満々のようだ。

「和馬くんはまだ来てないよ」

「知ってる。さっき学校で話をしてたの。バンドのボーカルについて」

「え、ボーカル？」

ついさっきまで温かい友情話をしていたのに、今度は超現実的でデリケートな話題が飛び込んできた。

「和馬がね、新しいボーカルを探すべきとか言い出したんだよ」

「和馬くんが……？」

まさかの急展開に、私は状況を把握するのに必死だった。

「最初はあたしの歌は綺麗だとか優しいとか言ってきて。褒められてるのかと思ってたら、急にボーカルの話になって」

納得いかないという風に、京子が眉間に皺を寄せる。

「そ、そうなの？」

最初からバンドのボーカルは京子がすることに決まっていた。だけど先日、京子の弾き語りを初めて聴いて、私たち三人は違和感を覚えてしまったんだ。

京子の歌声は確かに上手くて綺麗なんだけど、パンクっぽくないって……。

そのときはそっとスルーしてたけど、まさか和馬くんが直接そんな話をしてるなんて。

「それで、ボーカルを加えて4ピースバンドにしたほうがいいんじゃないかって言いだしたの。そのほうが演奏も安定するし、今の流行だとか言って」

どうやら和馬くんは言いにくいことを遠回しにオブラートに包みながら、京子に伝えようとしたらしい。

「あ、あれじゃない？　私はよくわからないけど、ギター弾きながら歌うのって難しそうだしね。和馬くんは京子の負担を減らしたかったんじゃないかな？　彼、優しいから！」

京子を傷つけないように、和馬くんの思惑に話を合わせる。

「だってギターボーカル最初から私がやるつもりだったし、別に難しくないよ」

「だ、だよね？　どうしちゃったのかな、和馬くん？　ね、明日香先輩？」

私だけでは処理しきれないと、明日香先輩に助けを求めると。

「和馬くんの言うことも一理あると思うよ。京子ちゃんの歌はパンクっぽくなかったもんね」

「……へ？」

明日香先輩のド直球の意見に、京子は固まってしまった。

子のほうで……。

私は空気が凍っていくのを感じ、顔が真っ青になる。だけどそれ以上に青ざめていたのは京

ここでその忖度なしのコメントはいりませんよ！

「ちょちょちょ、明日香先輩？」

「パンクっぽくなかったって、どういうこと……？」

「京子ちゃんの歌、すっごく上手かったけどパンクって感じじゃなかったよね？　熱さが足りないっていうか。長田先生もボーカルは変えたほうがいいって言ってたし」

明日香先輩！　こういう辛辣なコメントをするからこれまでも部活の人間関係を荒らしてきたんですよ！　サークルクラッシャーたる所以をまざまざと見せつけられてしまう。

「京子さーん！」

すると和馬くんの声が聞こえてきた。ぜえぜえと肩で息をしながら、京子を必死で追いかけてきたみたいだった。

「和馬……。あたしの歌がパンクじゃないから、さっき新しいボーカルを探そうって言ったの？」

「え、いや、そういう意味じゃなくて……。京子さんは歌は上手いですし……」

和馬くんはいきなりの急展開についていけず、私の顔を見てくる。

今のこの状況、修羅場に足を突っ込んでるの。私では助けらんないよ……。

「じゃあなんでボーカルを探そうって言ったの？　あたしの歌じゃ、一〇〇人集められない？」

「それは……」

腕を組む京子、俯く和馬くん。静かな河原に、地獄のような空気が張り詰める。

よくあるバンドの解散理由に音楽性の違いってあるけど、今がまさにその状態になりつつあるんじゃない？

「和馬くんはどうしたらバンドがもっとよくなるか考えただけだと思うよ。選択肢の一つとしてで、京子の歌がそうとは……」

無言に耐えられなくなって、私は和馬くんをフォローしようとする。

本当にこのまま解散しちゃいそうだったから。まだ練習すらしてないのに、そんなの絶対ダメだよ……。

「青春はどう思う？　あたしの歌、パンクじゃなかった？」

すっと私のほうを向く京子。怒っているのか悲しんでいるのか、もしくは両方なのか。そんな表情をしていた。

「私は……」

そんな京子の顔を見ることができずに、ぐっと唇を噛んで下を向く。

あの京子の弾き語りを聴いて、私も和馬くんや明日香先輩と同じように思ったのは事実だった。パンクっぽくない。音楽に詳しくない私も、ちょっとだけそう思っちゃったんだ。

「青春がそう言うんだったら、あたしは従うよ」

京子のその真剣なまなざしから、もう私は逃げられなかった。

「じゃあ、カラオケ行きましょうよ。もう一度、京子ちゃんの歌を聴いて判断したらいいんじゃないかな？」

この場を凍りつかせた張本人の明日香先輩が、新たな提案をしてくる。

「そうしよっか。あたしがボーカルにふさわしいか、ふさわしくないか……。青春が判定して」

「え、私が？」

いきなりの指名に、腰が抜けそうになる。

「今日はこれからバンドの練習をするんじゃなかったの？　ね、スタジオに行こうよ」

「それどころじゃなくなったの。さ、行こう」

「え、え？　ほんとに？」

これって、バンドの重大な決定を私にゆだねられたってこと？　え、そんなの無理だよ！

私たちはバンド練習の予定から、急遽カラオケに行くことになってしまった。

京子の歌を判定するために……。


「何を歌おうかなー？」

カラオケに到着すると、京子は大きなタブレットで曲を探し始めた。気丈にふるまっているけど、内心はピリピリしているのが伝わってくる。

そんな京子に声をかけることもできず、私はただおろおろしていた。実はカラオケに来るのはこれが初めてだし。だってクラスの打ち上げにも呼ばれたことないし……。

「じゃあ青春ちゃんが、京子ちゃんの歌がボーカルにふさわしいかどうか判定してね」

わりと重いことをさらっと言う明日香先輩。

本当にバンド解散の危機を私に託していいの？

「ほんとに？　私が決めるの？　だって私、音楽のこと詳しくないし……」

「その分、率直な意見が言えるかもしれません。僕も青春さんの決断に従いますから」

「そんな、和馬くん……」

この状況の発端を作った和馬くんまで私にすべて丸投げにしてくる。

初カラオケなのに、このプレッシャーは荷が重すぎる。京子との関係にヒビが入って、しかも軽音部の存続の危機にもなりかねないし。

「ていうか、なんであたしの歌がパンクじゃない前提になってるの？　青春も思ったこと言ってくれていいんだからね」

自信満々の京子の口ぶりに、私は言葉をなくす。

フリじゃないよね？　マジで言ってるよね？　私、そういうノリわかんないからね？

「ガガガSPの『晩秋』にするよ」

やはりここはガガガSPを選んだ京子。入力すると、すぐに曲のイントロが流れてくる。

私は緊張して吐きそうになってきた。

京子の歌は上手いんだけど、パンク向きじゃないのは周知の事実。それは和馬くんも明日香先輩も、わかってることなんだ。

問題は、歌い終えた後にどう伝えるべきかなんだけど……。

この前の京子の歌は弾き語り限定の特別なバージョンで、カラオケだとめっちゃパンクってこともあり得るよね？　きっとそうだ。自分でバンドを組んで、ボーカルをやるって決めてた京子なんだもん。パンクに合ったボーカルを一番理解してるはずだもんね！

私はできるだけポジティブに考えていると、京子は歌い出す。

「僕のアパートに残った君の思い出が……」

私の願い空しく、京子の歌はとても綺麗(きれい)で、やっぱりパンクじゃなかった。

なんというか、曲は激しいのに、京子のささやくような歌声がまったくマッチしていない。

上手いんだけど、これじゃない感。

「体中を駆け巡っています……」

きっとバラードとかを歌えば、すごく合うんだと思う。澄み切った清流のような、雲ひとつない空のような、そんな歌声なんだもん。綺麗すぎるんだよ。

「思い出の品は全部捨てたのに……」

ああ、なんて伝えるべき？　明日香先輩みたいにズバッと言うべきなのかな？　でも京子、ショック受けちゃうよね？

今だけはガガガSPのエモい歌詞が、頭に入ってこない。

「青春さん、こんなことになっちゃってすいません。京子さんの歌が悪いわけじゃないんです。パンクバンドとしてはちょっと合っていないだけで……」

和馬くんがそっと私に耳打ちしてくる。ちょっと責任を感じているみたいだった。

「私、どうすればいい？　はっきり言っちゃうと、バンドに軋轢ができちゃうんじゃない？」

「バンドって、遠慮したり隠し事をするほうがよくないんじゃない？　メンバーがそんなんじゃ、きっと聴いてるほうもノレないと思うよぉ？」

明日香先輩のほうは、あくまでちゃんと伝えるべきだと言ってくる。それが正論だとは思うけど、京子のことを思ったら……。

「心の中には残っています……」

京子が気持ちよく歌っている横で、私たちはひそひそと相談し合う。こういうのも、きっとよくないよね。

「死ぬまで生きてやろうじゃないか……」

結局どう伝えればいいのか結論は出ないまま、京子は歌い終えた。

私はパチパチと手を叩き、これが普通のカラオケだったら「上手かったね」で終わるのだが、今回はそういかない。空気を読めないカラオケがこんなにつらいものだったなんて……。

「青春、どうだった?」

京子はやりきった顔で、私に尋ねてくる。

「よかったよ！　よかったと、思う。けど……」

言葉を選ぶが、それ以上は何も言えなくなる。

そもそもバンドを作ろうと決めたのは京子だし、最初から自分で歌うと決めていたはずなんだ。その決意と夢をひっくり返すようなことを、私が判断できるわけないよ……。

「……けど?　どうしたの、青春?」

言葉を詰まらせる私に、京子も真顔になる。

みんな金縛りにあったかのように黙り込んでしまい、部屋は静寂に包まれた。

「……そっか。あたしの歌が悪かったんだ」

京子はすべてを悟ったかのように、天井を見上げた。

「知ってたよ。パンクをやりたくてギターを始めたのに、自分の歌は全然パンクじゃなかったんだよね。ウケる」

自虐的に笑う京子。こんな姿、初めて見たし、見てられなかった。

「けど、京子さんにはギターがありますから……」

和馬くんがフォローするけど、京子は上の空のままマイクを膝の上でころころ転がしている。

この冷え切った空気を和らげるための言葉が見つからず、私も気持ちが落ち込んでいく。

「ボーカル、どうする？　和馬くんが歌う？」

明日香先輩だけはすぐに切り替えて、みんなに聞く。

「ぼ、僕は親にバンド活動を禁止されているし、男の子なので歌うのはダメです。バレちゃいますから……」

親バレしないように女装する和馬くんは、歌うと男だとバレてしまうのでＮＧ。

「私も歌いたいのはやまやまなんだけど、ドラム叩きながらは難しいと思うのぉ」

ただでさえドラム初心者の明日香先輩にボーカルまで背負わせるのは酷だよね。

「じゃあ新しいボーカルを探すしかないよねぇ。こんなところで諦めるわけにはいかないし」

京子には気の毒だけど、そうするしかないみたい。

「きっと新しいボーカルなんてすぐに見つかるよ」

気休めにしかならないかもしれないけど、私も京子を励ます。

「ははは、そうだね。ほら、まだ時間があるしみんな歌って。……あたしはもう遠慮するから」

ぼすんとソファに倒れこむ京子は放心状態でテーブルにマイクを置いた。

空気が重すぎる。なんとかこの空気を変えなきゃ……。

私はマイクを持って、立ち上がる。

「……早乙女青春、う、歌います！」

落ち込む京子を応援する意味でも、ここは私が盛り上げようと意気込む。これくらいしか私にはできないよ……。

「さすが青春ちゃん！」

明日香先輩にタブレットを渡され、ぴっぴと触ってみる。歌える曲なんて、実はアニソンくらいしかないんだけど。

「私、昔から家では一人でよく歌ってたんです」

「そういえば青春、小さいころはアイドル目指してたって言ってなかったっけ？」

ソファに沈み込んで遠くを見つめている京子が、いつか話したことを思い出す。

「え、初耳ー」

明日香先輩が食いついてきた。

「へへへ、今となっては私もびっくりなんですけど、黒歴史ってやつです」

アイドルを諦めたことは後悔していないけど、思い出すと少ししんみりしてしまう。

昔は私もそんなキラキラしてた時期があったんだなって。若気の至りだよ。

「その過去があったから、今の青春ちゃんがあるんだから。黒歴史とか言っちゃダメよぉ」

私が落ち込んだと思ったのか、明日香先輩がフォローしてくれる。

「ですよね、ありがとうございます」

カラオケで私の黒歴史を披露(ひろう)するとは思わなかったけど、京子だけにつらい思いをさせたくなかったし、よかったのかも。

「じゃあ、これで……」

気を取り直して、タブレットから曲を送信する。

画面に出てきた曲は、「にんげんっていいな」。「まんが日本昔話」の曲だった。

これはガガガSP(スペシャル)がカバーしてることを最近知った。アップテンポで、パンクになってて最高なんだ。京子(きょうこ)を励ますにはガガガSPが一番だよね。

「青春(あおはる)さんがんばって！」

「きゃー！　素敵！」

和馬(かずま)くんと明日香(あすか)先輩もタンバリンとマラカスで盛り上げようとしてくれる。

私はぎゅっと両手でマイクを握って、歌い始める。

最近は河原で叫んでいなかったし、大きな声を出すのは久しぶり。

なんとか京子を応援するために、元気よく歌っていると。

……あれ？

なんだか静かじゃない？

歌いだす前は盛り上げてくれてた和馬くんや明日香先輩は、タンバリンやマラカスを振る手を止めて、じっと画面を見つめていた。

京子もさっきの放心状態からは脱して、ソファの上でなぜか正座してる。

どした？　京子を元気づけられたらと勇気を出して歌ってみたら、盛り上がるどころか果てしなく静寂？　これ、レクイエムじゃないんだけど？　誰も死んでないよね？

私は一気に不安になり、頭の中が真っ白になる。

まさか、私って音痴だったの……？

あ、和馬くんが京子の耳元でなんか囁いてる。私の悪口？

そういえば歌うのは好きだったけど、誰かの前で歌ったのはこれが初めてだった。

不安になりながらも、最後まで虚無の心で歌いきる。

「……」

歌い終わっても、誰も喋らない。京子たちの顔も見られなくて、俯いたままソファに腰を落とす。無言が心に突き刺さる。

「盛り下げちゃって、ごめ……」

「青春ちゃん！　超上手い！」

「ん、……ふぇ？」

とっさに顔を上げると、明日香先輩と和馬くんが私を囲んでいた。

「青春さんの歌、すっごくエモかったんですけど！　魂がこもってるというか……！」

和馬くんがちょっと興奮してる。

「ちょっと、みんな。どういうこと？」

「青春ちゃんの歌が上手かったの！　私も聴いてて感情を揺さぶられちゃった。パンクってこういうことなんじゃない？　すごいよぉ！」

明日香先輩まで私の両肩に手を乗せて、がくんがくんと前後に揺らしてくる。

「ややややめてくださいぃ。わかんないわかんない。誰かの前で歌うのは初めてだから、すごいとか言われてもわかんないですぅ」

エモいとか魂とかパンクとか、どういうこと？　まさか私の歌が褒められてるの？

「青春さんの歌は、声量があって音域も広いし、リズムもピッチも正確でした。それにガガSPの曲にぴったりだったんです。これぞパンクって感じです！」

和馬くんが冷静に分析してくれるけど、私は信じられない。

「アイドルを目指してた頃のリズム感が生きてるんじゃない？」

歌やダンスの練習をしていたときの経験が、今になって役に立ってる？

「河原で日々の不満を叫んでたんですよね？　あれが発声練習になって、そのパワフルな声を作り出したんですよ」

それに加えて、河原で青春への恨みを叫んでたことがボイストレーニングになってた？

知らず知らずのうちに私の声は鍛えられてたの？　スライムばっか倒してたらいつの間にかレベル100になってたみたいな？

「私の歌が、上手い……」

まだ疑心暗鬼ではあるけど、こんなに褒められたのは初めてでちょっと嬉しくもある。

私はちらっと京子を窺うと、一人でじっとテーブルに置かれたマイクを見つめていた。背中を丸めたまま、じっと動かない。

「……京子？」

「そうだね。上手かったよ」

抑揚のない声でそう言うと、京子は立ち上がり部屋を出ていった。

「あ、京子！」

私も急ぎ、その後ろ姿を追って部屋を飛び出す。

エレベーターを使わずに階段を駆け下りる京子を、転ばないように必死で追いかける。

「待って！」

歌を褒められていい気になっていた私は、京子の気持ちを考えてなかった。夢を叶えるためにバンドを組んだのに、そのメンバーからボーカル失格みたいなことを言われて……。

「京子！」

階段の踊り場で追いつき、京子の腕を摑む。

「ごめん。私、京子のことなにも考えてなかった……」

「青春が謝ることないよ。あたしも、本当はわかってたんだ。わかってたの……」

京子は後ろを向いたまま、声は震えていた。

こんなことになるまで、追い込んでしまったことを反省する。

「あたしね、信じて突き進めばなんでも実現できると思ってたんだよね」

すっと京子（きょうこ）の肩が落ちて、私は摑んでいた手を放す。

「あたしには最高のパンクバンドを作るっていう夢があって、絶対に叶えられるって信じてたんだ。そのためにギターを始めて、元高に入って、ライブを成功させて、軽音部を復活させて……。なんでも自分の力でできると思ってたの」

背中越しに話す京子を、私はじっと聞き届ける。

「だけど、一番やりたかったボーカルはできないんだね。ダサいよね、あたし」

「そんなことないよ。そんなことない……」

弱音を吐く京子は初めてで、私はなんて言えばいいのかわからない。励ますことが正解なのかすら、わからなかった。

「みんなが言ってたことは、間違いじゃないよ。あたしの歌は、パンクじゃないの。今までもバンドを作ったけど解散したって言ったでしょ？　あれも実はあたしの歌が原因で、メンバーが逃げていったんだ。あたしがボーカルをするって、そう決めてたから。自分の力でやらなきゃって決めてたから」

いつか京子はガガガSP（スペシャル）に出会って変わることができたって言ってた。

きっとそのときから、自分で決めたことはぜんぶ自分でやるって決めたんだね。そうしなきやいけないって、それが京子の夢の叶え方だって。

私は京子の正面に回り込み、ぎゅっとその両手を握る。

「青春(あおはる)……」

「京子は一人じゃないよ。バンドって絆(きずな)なんでしょ？　明日香(あすか)先輩も和馬(かずま)くんも京子の夢を一緒に叶えたいんだよ」

京子もガガガSPに出会うまでは、ずっと一人だったのかもしれない。だから私と似てるって、そう言ってくれたのかも。

だったらその不安な気持ち、私にもわかるよ。私もずっと、こうやって手を握ってくれる人を待ってたんだから。

「ありがと。あたしは一人じゃないよね。青春もいるしね」

くすっと微笑む京子。それを見て、ようやく私も肩の力が抜けた。

私は京子に出会って、ちょっとくらいは変われたのかな？　変われてたらいいな。

「よし、こんなことでへこんでられないよね。みんなで、ライブを成功させなきゃだもんね！」

パンと両手で自分の頬(ほお)を挟むように叩く京子。

すべてを受け入れて、再び前に進もうとする姿は、とても頼もしかった。それでこそ京子！

「じゃあボーカルは青春に決定！」

「……へ？　なんて言ったの？」

「青春（あおはる）になら、ボーカルを任せられるよ。だからお願い」

「私がボーカル？　……なんで？」

「だって、歌上手かったし。超パンクだったよ！」

今日イチ、意味がわからない。

私の歌が上手かったからボーカルをする？　いやいや私にはラノベ部を作るという目標があって……。ラノベを書かなきゃなんだけど？

「一緒に文化祭でライブをしようよ！」

ぐっと握った拳を、私に向けてくる京子。

「ライブ？　ええっと……？」

京子のそのまっすぐな目に、私は何も考えられなくなり、こつんと拳を合わせてしまった。

こうして私が軽音部のバンドのボーカルをすることになったらしい。

まさに雨降って地固まる。我々はバンドの危機を乗り越えて……、って違うよね？　私の足元だけ大洪水で予想外のところまで流されてる気が……。

「私たちのバンドの新しい船出ね！」

さっきまでへこんでいた京子（きょうこ）が、すっかりテンションを戻して叫んでいる。

待って待って。本当に私が歌うの？　なんでそうなるの？

2002.10.09 Release「晩秋」

二学期が始まって怒濤の日々を送る軽音部とラノベ部。

私はあと一か月でラノベを一冊書き上げなくてはいけないのに、未だ何も決まっていない。

時間的に長編は難しいので、ここは短編でいくのが現実的かも。

やはり書き慣れた異世界ものでいくか、はたまたいつも読んでいるラブコメか？

そんな悩みを抱えながら、とある事情でみんなとカラオケに行ったことで状況が大きく変わってしまった。

「ボーカルは青春に決定！」

そんな京子の指令で、私が軽音部のバンドのボーカルをやることになってしまった。

理由は、京子の歌がパンクじゃなくて、私の歌がパンクだったから……。

いやいや、なんで私だけ二足の草鞋みたいなことになってるの？

軽音部を作るためにライブでボーカルをして、ラノベ部を作るためにラノベを書く。

私の文化祭、難易度ハードすぎてもはやクソゲーになってない？


ということで九月も半ばにさしかかった土曜日。

　私たちがやってきたのは貸しスタジオだった。

　六畳の部屋で、大体一時間三千円ほど。カラオケよりは高いけど、ドラムやアンプが設置されていて防音設備もしっかりしているのでバンド練習にはもってこいの場所。

「もう一回、いくよ」

　明日香（あすか）先輩の「ワンツースリーフォー」というカウントと一緒にシンバルの音が刻まれ、京子の軽快なギターのメロディーが入る。遅れて和馬（かずま）くんの腰の入ったベースが合わさる。

　軽音部の三人は、しっかりバンドをやっていた。

　ギターは天才的な京子と、ベースを弾くときは女装をしなきゃいけない和馬くん。この二人は経験者ということもあり、その演奏は素人目（しろうと）から見てもすごかった。

　だけど一番驚いたのは、明日香先輩のドラムだった。レッスンを受けていると言ってたけど、今では他の二人と遜色（そんしょく）なく演奏している。

　ゲーセンの「太鼓の超人」が全国でもトップレベルの腕前なんだけど、そのおかげでリズム感や正確性を鍛え上げられていたらしい。いろんな部活に入っていろんなことに挑戦してきた明日香先輩は、もともと器用でなんでもできちゃうんだろうな。

「すごい……」

　そんな三人の演奏を間近で見ながら私は何をしているのかというと、ラノベを書いていた。

「あたしらは楽器の練習をするから、京子はその間にラノベを書く?」

そんな京子の提案で、軽音部のバンド練習にご相伴させてもらっている。とりあえずボーカルの練習は後回し。

私は部屋の端っこでパイプ椅子に座り、でかいアンプを机にしてパソコンを開いていた。まさにパンクとラノベのコラボだよね。バンドスタジオでラノベを書く人、見たことある？

「今のテイク、よかったんじゃない？　和馬のベースがちょっと走ってたけど」

「ですよね。ちゃんと明日香先輩のドラムと合わせるようにします」

「私のリズムがおかしかったら言ってね？」

一曲演奏が終わるごとに、それぞれの出来を指摘して、反省をしている。

ああ、なんか本当にバンドやってるんだな。私以外は。

「青春ー。ぼーっとしてないでちゃんとラノベを書くんだよ？」

「わ、わかってるよ。もう構想はできてるし、あとは書くだけだから……」

バンドの練習もしながら、私の進捗の確認もしてくれる京子。敏腕編集かな？

「あの青春ちゃんの顔、まったく書けていないときの顔よ。作家のほうから進捗をアピールしてくるときは大体ブラフらしいよぉ？」

「青春さんは嘘をつけないタイプですからね。多弁になったときは要注意です」

みんなにもバレてるし……。

「時間がもったいないけど、ちょっと休憩にしよっか」

京子が床に座って、ペットボトルの水を飲み干す。ギターを弾くのって疲れるんだな。Tシャツが汗でぺったり。

今日の和馬くんは赤髪ツインテールのウィッグをかぶり、メイド服を着ている。その姿はとても男子とは思えないほど綺麗だった。足とか私より細いし、脱毛してる？　ていうかメイクもしてるよね？　女子力高すぎない？

明日香先輩は髪をポニーテールにまとめて、普段と印象が違う。ミニスカートでドラムを叩いているので、いちいちセクシーで直視できない。文化祭でまた男子のファンを増やして、女子に嫉妬されるんじゃない？

こうして改めて見ると、すごく魅力的なメンバーが揃った気がする。

「ふぅ……」

私も疲れてもいないのに、みんなに合わせて休憩。眼鏡を外して眉間をぐりぐり揉む。

趣味で書く分にはそれでいいけど、今回は一〇〇冊売らなきゃいけないんだ。書きたいものと売れるものの両立を成立させる必要がある。

「そろそろ時間だから、最後一回だけ合わせようよ」

一息ついた京子が立ち上がり、ギターを肩にかける。

「青春も一回歌ってみる？　気分転換になるかもしれないし」

「え、じゃあ……」

この前のカラオケで歌を褒められて以来、ちょっと歌うのが好きになっている自分もいた。

でも私の本来の目標はラノベ部の設立。そのためにラノベを書いて、部員もあと二人見つけなくちゃいけない。

正直、こんな中途半端な気持ちで私なんかがボーカルなんてしていいのだろうか？　軽音部の足を引っ張ってしまわないだろうか？　もし観客が一〇〇人集まらなかったら、私のせいじゃない？

マイクを握りつつ、またネガティブに考えすぎる悪い癖が出てしまう。

「じゃあいくよ？　ワン、ツー！」

バンドの演奏に合わせて、私も必死で歌う。

ふわふわした落ち着かない気持ちで、何を考えればいいのかわからないまま。

「おつかれー！」

スタジオでの練習を終え、私たちはファミレスへ。練習後に飲むコーラは何ものにも代えがたい美味（おい）しさだね。

「青春（あおはる）もおつかれ。やっぱボーカル頼んでよかったよー」

「あ、ありがと……」

京子に褒められ、素直にお礼を言うけどまだ自分ではもやもやが残っていた。

「あれ？　どうしたの、青春？」

顔に出やすい私は、すぐに京子に気づかれる。

「本当に私がボーカルでいいのかなって？」

今さらって感じだし、さっきも練習で歌ってみたけど、やはり不安のほうが勝っていた。

みんなに褒められて嬉しいんだけど、自分は歌が上手いなんてまだ信じられない。むしろ失敗して迷惑をかけちゃうことのほうが怖い。

「さっきの練習も超よかったよ。この中で一番パンクに歌えるのは、間違いなく青春だよ」

「そんなの消去法でしょ？　私、自信がなくて……」

「消去法なんかじゃないですよ。僕らの音楽に一番マッチしているのが、青春さんの歌声なんですから」

親バレしたくないから歌えない和馬くんにフォローされるが、あまり納得はできない。

「でも絶対緊張するし……」

本番のライブのことを考えるだけで、胃がきゅんと痛む。ライブを成功させるには少なくとも一〇〇人の前で歌わなきゃいけないんだもん。

「実際のパンクバンドのボーカルも、実はシャイだったりするんですよ。それを隠すために、わざと派手なパフォーマンスをするんですって」

「パフォーマンス？」

　和馬くんに聞き返す。

「有名な話では、ステージでコウモリを嚙みちぎったり、豚の臓物を客席に投げ入れたり、炊飯ジャーでご飯を炊いたり……。パンクの伝説的パフォーマンスはたくさんありますよ」

　和馬くんが説明してくれるけど、私はそれを聞いて血の気が引いてしまう。

　人のよさそうなお兄さんがステージでは「ヒャッハー！」って言いながら豚の臓物をばらまくっていうの？　なぜ？　パンクがそうさせるの？

「私、コウモリを嚙みちぎらなきゃいけないの？　む、むり……」

「青春にそんなことさせるつもりはないからね？　気を確かに持って」

　真っ青な顔で震える私を、京子が優しく抱きしめてくれる。

「あたしだってライブの前はいつだって緊張するし不安なんだよ？　その気持ちは青春だけじゃないから」

「そ、そうなの……？」

　いつも自信満々に見える京子の告白に、私は顔を上げる。

「不安になったらあたしたちを見てよ。一人じゃないってわかったら、緊張もしないし不安にもならないから。それがバンドだから！」

「う、うん……」

だよね。私は一人じゃないんだもんね……。

京子の言葉に励まされて、私もやるしかないとちょっとだけ気が楽になった。

「あ、そうだ。文化祭のライブのこと、長田(ながた)先生から聞いてきたのぉ？」

明日香(あすか)先輩は爆盛ポテトフライをつまみながら、一気に話題を変える。

「うん。出番の時間が決まったよ。グラウンドのサブステージの、午後の一発目」

昨日、私と京子は長田先生に呼び出されて軽音部とラノベ部の設立に向けて詳しい話を伝えられた。サブステージということは聞いていたが、時間は初出の情報だ。

やはり長田先生は文化祭の実行委員の責任者らしく、私たちのライブをプログラムに簡単にねじこんでくれた。

「それっていい時間なんじゃないですか？　お昼だったら寒くないし、みんな来てくれそうですよね」

一年生の和馬くんは高校の文化祭は初めてなので、興味津々のようだ。

「そうだけど、問題はこれなんだよね」

京子は鞄(かばん)から一枚のプリントを取り出してテーブルの上に広げる。

それは長田先生からもらった、文化祭のステージ割とタイムテーブル。

「あら」

三年生の明日香先輩は、私の言いたいことにすぐに気づいたのか、頰(ほお)に手を当てた。

「ここ、あたしたちと同じ時間の、体育館のメインステージを見て」

京子はそのプリントを指さす。

午後の一時、私たちのバンドの演奏とまったく同じ時間には――。

「吹奏楽部？　本当ですか……」

和馬くんは、ちょっと引くような声を漏らした。

元町高校の吹奏楽部は、全国の高校の中でも屈指の実力と知られている。全日本吹奏楽コンクールでも過去に金賞を取ったこともあり、近年でも全国レベルの実力なのだ。

そんな注目度の高い吹奏楽部と完全に丸被り。地獄のタイムテーブルだった。

「吹奏楽部に勝って、一〇〇人集めなきゃいけないの」

タイムテーブルをこんこんと叩く京子。

でも私たちはもう、悲観的にはならなかった。

「チラシとか作って配る？　校舎内にもポスターとか貼ればいいと思うのぉ」

「そうだね。あたしらのこと知ってもらわなきゃ。パンクが好きな生徒だっているはずだしね」

「それくらいしなきゃ吹奏楽部には勝てませんよ」

「全員が全員、吹奏楽部に興味があるわけじゃないからね。あたしたちのこと、興味を持ってもらえるようにがんばりましょ」

みんなライブを成功させるために、前向きに捉えようとしている。

「それでバンド名はどうするんですか？　軽音部（仮）はそのまますぎませんか？」

和馬くんが指摘する。

そのタイムテーブルは暫定版ではあるが、私たちの出番には「軽音部（仮）」とだけ書かれている。これじゃパンクバンドとわかりっこない。

「そうだね。かっこいいの考えなきゃね。なにか候補ある？」

京子もグラスの氷をストローでカラカラ回しながら、私たちを見渡した。

「幻紅刃閃（ブラッディナイトメアスラッシャー）」

「元町サンセット」

「nanashi」

明日香先輩、和馬くん、そして私がバンド名の候補をそれぞれ挙げる。

「うーん、継続審議かな……？」

だけど京子の琴線には触れなかったみたいで、却下されてしまった。

「次、集まるまでにみんな考えておくように」

「「はーい」」

京子がまとめて、今日のバンド練習と打ち合わせが終了した。

バンド名もそうだけど、私は自分のラノベのことも考えなくちゃ……。

次の日の昼休み。

「青春（あおはる）さん」

学校で私のことをそう呼ぶのは、彼しかいない。

「あ、和馬（かずま）くん」

お弁当の入ったポーチを持って廊下を歩いていたら、和馬くんに声をかけられた。

少し大きめの制服を着た和馬くん。ブレザーの裾は余って手首が隠れている。まだ新入生の空気が抜けていないように、パタパタと駆け寄ってきた。

「お弁当ですか？　もし一人だったら、僕も一緒にいいですか？」

一人に決まってる、と答えるまでもなく私は笑顔で頷（うなず）いた。

「青春さんと話がしたくて」

「え、あ、うん……」

そんなこと言われると、私は秒で照れてしまう。私でいいの？　ほんとに？

私がいつも一人でご飯を食べているのは、校庭の隅にぽつんと置かれた藤棚の下のベンチだった。そこに和馬くんを連れていく。

私がスカートを整えながら座ると、隣に和馬くんもちょこんと座る。

「こんなところ、あったんですね。知らなかったです」

「夏でも風が通って涼しいんだ。藤棚で日陰だし。藤棚もベンチもぼろいけど、私のお気に入りの場所」

　藤のつるが垂れ下がる鉄の柱は錆(さ)びているし、木製のベンチもボロボロだ。ベンチの足の部分には小さく「第〇期卒業生制作」と彫られていたが、年度まではもう読めなかった。

「静かでいいところですね」

　緑一色の藤棚を見上げてる和馬くん。私はその横顔を、そっと眺める。

　真っ黒な髪から形のいい耳が出ていて、前髪も眉にはかからない程度に整えられている。大きな目も綺麗(きれい)な二重まぶたで、まつ毛も長い。男子にしとくにはもったいない。

　そんなかわいい横顔を見つめていると、和馬くんがくるんとこちらを向いた。

「どうしました？」

「ううん、なんでもないの。いただきます……」

　ごまかすように、お弁当の蓋を開ける。年下の男子に嫉妬してる場合じゃないね。

「で、どうしたの？　何か話があったんじゃないの？」

　後輩の男子に動揺していることを隠したい私は、話題を変える。

「ええ、そうなんですけど……。いや、なんでもないです」

　よかれと思って聞いてみたら、急に口ごもる和馬くん。

　何か話があって私を誘ってきたはずなのに、どうしちゃったんだろ？

お昼ご飯を食べる雰囲気ではなくなってきた気がして、私は箸を置く。和馬くんが何を言いたいのかわからなかったけど、こちらから聞くのも悪い気がした。

でも、和馬くんが悩んでいるんだったら助けてあげたい……。

「昔から藤の近くには松が植えられていることが多いんだって。ほら、そこにも松の木があるでしょ？　藤が女性、松が男性にたとえられていて、近くに植える習慣があったらしいよ」

なんとか和馬くんを励ましたくて、いつか本で読んだ豆知識を絞り出す。

現に私たちのいる藤棚のすぐ隣には、立派な松の木があった。

「男と女……」

「そそ。近くに植えると、藤の花は松の木に巻きついて花を咲かせるんだって。そこからついた花言葉が『決して離れない』だから、良い話でもあり怖い話」

いきなり花言葉の話をする私に気を使っているのか、和馬くんはお弁当に手をつけないまま頭上の藤の葉っぱを見つめている。

「よかったら聞くよ？　誰かに話したら、すっと楽になることだってあるんだから。私なんかずっと一人で悩むたちだったからわかるの」

私も名前のこととか、ぼっちのこととか、ぜんぶ京子に話をして楽になったから。

自分にされて嫌なことは他人にするなってよく言われるけど、自分にされて救われたことは他人にしてあげよう。それが人と人との繋がりってことだよね？

「私も友だちがいなくてずっと一人だったの。でも京子と出会って、いろいろ話をして、自分でも変わってきたような気がしてるんだ。最初の一歩はとっても重いけど、踏み出せたらずっと楽に歩き出せるようになったから」

自分の経験を語ることで、和馬くんを安心させたかった。

するとと和馬くんに伝わったのか、ずっと結んでいた口を開く。

「僕、ずっと自分に嘘をついてるんです」

「え。それって、どういう……？」

落ち着いた口調で話し出す和馬くん。それは衝撃的な内容だった。

「うちの親、本当は女の子がほしかったみたいなんですよね。それで僕、小さい頃からかわいい服を着せられたり、ピアノを習わされたり……。男の子みたいな遊びは禁止されてたんです。バンドなんて、もってのほかです」

バンドに入ることを親に反対されると言ってた理由が、ようやく理解できた。

「今でも親の前では空気を読んで、ピアノが好きなふりをしてるんです。ちっとも好きじゃないのに。そうやって親が望む女の子みたいに生きてきて、自分を偽ってきたんです。本当はロックが好きで、ベースをやりたいのに言えなくて……。変ですよね？」

和馬くんは自嘲気味に笑った。

「変じゃないよ……」

私もそう言うしかなかった。つらそうな和馬くんを見ると、胸が締めつけられるようだった。

「京子さんにバンドに誘われて、僕も変わらなきゃって思うんですけど……」

和馬くんにはまだ迷いが見えた。

「今はまだ親には言えないかもしれないけど、いつか堂々とコスプレせずにベースを弾ける日が来るよ」

つらい過去を経て、今はやりたいことをやろうとしてる。手段はどうあれ、和馬くんはもう一歩を踏み出してるんだから。

「和馬くんならやれるよ」

「はい。その場に立ってるだけより、自分で歩いて迷うほうが価値がありますもんね」

「そうだよ。そのほうが新しいことに気づくこともあるし」

決心した和馬くんに、私も大きく同意する。

いつか親も分かってくれると思うよ。きっと。

「私なんか京子と出会ってから。ラノベも書いて、今度はバンドのボーカルもすることになったんだからね」

「ですよね。青春さんが羨ましいです。ちゃんとやりたいことをやってる姿を見て、僕もやらなきゃって思えました」

「私なんて巻き込まれてるだけだし」

「そんなことないです。僕は青春さんのこと尊敬してるんですから」

「お、おだてないでよ。私、そういうの慣れてないから……」

　年下の男の子に尊敬されるとか、少し顔が熱くなっちゃう。

　私も京子も、そして和馬くんも明日香先輩も。みんなそれぞれの過去や理由があって、今はひとつの目標を目指している。

　自分のやりたいことをするための努力は、成功するための助走だからね。みんなで一緒に大ジャンプしようよ。

「世の中のリア充だってきっとがんばってるんだよ。だから私なんかはもっとがんばらなきゃなんだ。だからとりあえず、なんでもがんばってみようって思ってるの」

　摑めるものは、ぜんぶ摑めばいいんだよ。誰かの助けだったり、もしくはチャンスだったり。遠慮っていうのは、そんなチャンスを逃すことにもなるんだから。

「リア充だってがんばってる……。そうですよね」

「あ、それは大好きなラノベの受け売りだけど。今度貸すね。『千歳くんはラムネ瓶のなか』っていうんだけど。ラブコメのすべてが詰まってるから」

「ありがとうございます。青春さんに話せてよかったです」

　和馬くんは心の奥から安心したような、あったかい声で喜んでくれた。

　後ろに手をつき、ぐいっと背中を反らして頭上を見上げる和馬くん。その華奢な首筋が、きれいな弧を描く。ぽつんと膨らむ喉ぼとけが彼のパンク。

「早くご飯食べよ。昼休み終わっちゃうよ」

「はい！」

私たちはお昼を食べて、チャイムが鳴るまでバンドとラノベの話をして盛り上がった。


「よし、今日は取材だ」

放課後になり、帰る準備をしながら私はふんすと鼻息を荒くする。

昼休みに和馬くんとラノベの話をして、火がついてしまった。自分のラノベを書くためにも、今日は取材に行くことにした。

取材というか、書店にラノベを見に行くだけなんだけど……。

モチベーションを上げるためにはこれが一番なんだから。

「あ、青春。帰り？」

そそくさと教室から飛び出し、駆け足で階段を下りていたら京子と出くわした。

無視して行くわけにもいかず、急停止。

「うん。ちょっと執筆のネタ探しにラノベでも見に行こうかと……。京子は練習？」

「一人でカラオケ行って練習しようと思って」

京子の背中にはギター。

最近のカラオケは楽器を持ち込める店も多いらしい。防音ルームになっているので、思いっきり練習できるんだって。

「そうなんだ……」

「あたしも連れてってよ！」

「ふぇ？」

「ラノベ見に行くんでしょ？　一緒に行くよ」

「練習はいいの？」

「大丈夫。たまには息抜きしないと」

私の手を引っ張り、一緒に階段を下りていく。

「あたしもラノベ部のほうの手伝いをしなきゃいけないと思ってたの。なんか執筆のヒントを見つけてあげられればいいんだけど」

「そんな、悪いよ。ラノベのほうは私一人でも書けるんだから」

別に京子が一緒に来ることは嫌じゃなかったけど、練習の邪魔をしてしまうことのほうが気が引けた。

「お互いに応援し合おうって約束だったのに、最近はずっと軽音部の練習に付き合わせてたからね。ボーカルも任せることになったし」

「それは、全然大丈夫。今はどっちもがんばろうって思ってるから」

「じゃああたしもどっちもがんばらせてよー。ほら、行こ」

そこまで言われて断ることもできず、二人で学校を出た。

そういえば最近は学校でも放課後でも、ずっと誰かと一緒にいる。一人よりも二人のほうがいいって、最近は実感してる。

ふっと立ち止まって空を見上げると、ようよう赤くなり始めた空が綺麗だった。

私と京子が出会ったのも、今日みたいな夕焼けの日だったなって思い出す。

「何してんの、行こうよ」

私はちょっと頬を赤らめて、京子と肩が触れ合うほどの距離で並んで歩いた。

「もっとゆっくり歩こうよ」

「急いでたのは青春のほうでしょー？　もう」

二人の歩幅は、いつも一緒がいいね。


「キャー！　新刊出てる！　あ、そういえば今日は18日？　ガガガ文庫の発売日だよ！　ああどうしよう、どれからチェックすればいいの？　両手じゃ抱えきれない！　ぜんぶ読みたい！

ぜんぶ摂取したい！」

「あーあ。青春が初めてビュッフェに来たわんぱく小学生のテンションになっちゃったよ」

行きつけの書店に入るや否や、眼前に並ぶラノベを見て私はテンションが上がり、京子は案の定引いていた。

ラノベ部や軽音部のことで忙殺されて、すっかり新刊チェックも怠っていたことを反省しつつ、新刊のラノベを端から端までチェックする。

「いっぱいあるなぁ。ラノベってすごいねー」

ところ狭しと並ぶ表紙を見て、京子も感心しているようだ。

「毎月二〇〇冊くらいは新刊が出るらしいよ」

ラノベの刊行数は年々増えている。新刊だけでも平積みだけではなく、きっちり棚差しまでチェックしなければならない。

さすがに私でもすべてを読むにはお金も時間も体力も足りないので、泣いて馬謖を斬る作業を行うのだ。ああ、時間が無限にあればいいのに。お小遣いが二億円あればいいのに。私の目が四つあればいいのに……。

「あ、これ読んだよ」

目を血走らせながらラノベを物色していると、京子が耳を疑うようなことを言い出した。

顔を上げると、京子が一冊のラノベを手に取っていた。

「え、チラムネ!　京子、読んだの？」

まさか京子（きょうこ）が？　パンク一筋の彼女がラノベを？

それは奇しくもお昼休みに和馬（かずま）くんに薦めたラノベだった。

「そんなにびっくりしなくてもいいじゃん。だって青春（あおはる）が薦めてくれたんでしょ、『千歳（ちとせ）くんはラムネ瓶のなか』」

私と京子はガガガ文庫とガガガSP（スペシャル）のコラボが縁で出会ったものの、ラノベとパンクというジャンルの違いを受け入れられないと勝手に思いこんでいた。

だけど京子がラノベを読んでくれたなんて、こんなに嬉（うれ）しいことはないよ。

「で、どうだった？　面白かった？　感想は？　どのヒロインが好き？　どのシーンがエモかった？　ねえ、面白かったよね？」

「クエスチョンマークが大渋滞して答えにくいからいったん落ち着こうね、青春」

書店にいることすら忘れ、私は感想をほしがる。好きなものの布教が成功したときのオタクのテンションは最高潮。

「いや、正直ラノベを舐（な）めてたよ。普段あんまり本を読まないけどさ、面白かった。感想っていうほどのボキャブラリーはないけど……」

京子が恥ずかしそうに、頭を掻く。

「それでいいんだよ。なんか面白いっていうのが、好きへの入り口になるんだから！

ウエルカム・トゥ・ラノベ沼！」

私は自分のことのように喜ぶ。自分の好きなものを好きと言ってもらえるのが一番尊いよね。

「まさか京子がラノベ読んでくれるとは思わなかった」

「なんでよ？　お互いのこと知るのも協力のうちでしょ？」

ぽりぽりと頬を人差し指で触りながら、京子が照れるように言う。

いつだって京子はまっすぐだ。ちゃんと自分の気持ちを伝えてくれる。

こんなこと言ったら嫌われるんじゃないかって考えて、結局何も言えない私とは違う。気持ちは声に出さなきゃ、伝わらないのにね。

「私も京子のこと、もっと知りたいな……」

私も勇気を出して声に出してみた。

「ガガガSPのCDならいっぱいあるから、貸してあげるよ！　やっぱリリース順に聴いてほしいんだけど、ベストから始めて、気に入った曲が入ってるアルバムを聴くのもありかもね。あと『線香花火』って名曲があるんだけど、これだけはオリジナルアルバムに入ってないから要注意だよ！」

「京子も人のこと言えないよね……」

それから私は京子がうんざりするほどラノベを推して、私はガガガ文庫から発売されている小学館ライトノベル大賞の受賞作を数冊買いこんで、ようやく店を出た。

帰り道、薄暗くなり始めた空の下。

「なんだか二人でこうやって帰るの、久しぶりな感じ」

京子がぽつりとつぶやいた。

そういえば最近はバンド練習だったりで、みんなで一緒にいることのほうが多かった。

「最初に会った日も、夕日が綺麗な日だったよね。覚えてる？」

「も、もちろん。あのときはいきなり声をかけられてびっくりしたし……」

河原で叫んでいるところを京子に聞かれるという、衝撃の出会いだったんだから。

あそこで私が「ガガガ」と叫んでいなかったら、たぶん今はない。

「そういえば……。あのとき私が叫んでたの、本当に聞いてなかったの？」

「ガガガがあれば大丈夫、の前に叫んでたやつ？」

「やっぱり聞いてたんだ……」

クラスのカラオケに誘われなくて、その不満を叫んでいたんだよね……。

あのときは京子にあやふやにされてたけど、やっぱり聞かれてたんだ。

「そんなの、どうだっていいじゃない。そうやって言葉に出すことは大事だと思うよ」

「だって……」

「小学校のときに元高の文化祭でライブを見て、パンクが好きになったって言ったでしょ？」

「え？　……うん」

私が落ち込んでいると思ったのか、京子が話を変えてきた。

「あたし、小学校のころはすっごく暗かったんだよ。友だちもいなくて、学校に行く以外は家に引きこもりがちで。言いたいことも言えなくて、いつも一人ぼっちだったんだ」

「え……？」

今の京子からはまったく想像できない小学生時代の話になり、私は反応に困る。

「そんなあたしを心配して、お姉ちゃんが文化祭に連れて行ってくれたの。最初は嫌々だったんだけど、軽音部のライブを見て一気に興味を持っちゃって。あのとき見たバンドのボーカルの女子が、歌うっていうかすっごい叫んでたの。何言ってるのかわかんないくらい。幼心（おさなごころ）には、ショックだったんだよね。知ってた音楽と違いすぎて。しばらくその場から動けなかったもん」

くすっと笑う京子。

「でもそのとき思ったんだ。あたしもこんな風に叫べたら気持ちいいだろうなって」

京子はそんな過去を振り返りながら、穏やかな表情でじっと前を見つめていた。

「それをきっかけにあたしは変われたんだと思う。今ではこんなパンク好きな女子になっちゃったんだけど」

えへへと、京子は声に出してわかりやすく笑ってみせた。

「えぇっと、何が言いたかったんだっけ？　そうそう、だから青春(あおはる)が叫んでるのを見て、あのライブのことを思い出したの。そしたら『ガガガ』って聞こえてきて、これは運命だって思って、声かけちゃった」

「そうだったんだ……」

　私の絶叫を聞いて、京子(きょうこ)はそんなことを考えてたなんて……。

「だからあたしたち、よく似てるんだよ。絶叫とガガガで人生が変わった、みたいな？」

「そうかも……」

　ガガガがきっかけで出会った私たちだったけど、それ以外の接点なんて一つもないと思ってた。そもそもそのガガガすらも勘違いだったし……。

　でも出会ってしまうと、そんなこと関係ない。今は軽音部のライブを成功させるという同じ夢を追いかけてるんだから。

　私と京子だけじゃない。和馬(かずま)くん、明日香(あすか)先輩とバンドを組むことになって、今はこの四人で本当によかったと思える。

「四人で文化祭のステージからの風景を見たい」

「うん。私も見たいかも。……想像しただけで緊張してきた」

「今のうちにいっぱい緊張しとけば、きっと大丈夫だよ」

「そうだといいな……」

ボーカルもがんばるし、もちろんラノベもがんばる。

もう何かを手放す青春じゃなくて、もっともっと手に入れる青春にしていきたいから。

私はふと思いつく。

「和馬くんと最初に会ったのはテイルレッドのコスプレだったたし、明日香先輩は『俺ガイル』好きだったたから仲良くなれたたし、私たちみんなガガガがきっかけで出会ってるんだよね」

「すごいよね。そんな四人でバンドを組むんだもん。もう運命を超えてるんじゃない？」

「じゃあもうバンド名、それしかなくない？」

「それって？」

私は京子の耳元で、思いついたバンド名を囁く。

「うんうん……。それいいかも。絶対いいよ！」

京子がはしゃぐように、私の肩にぶつかってくる。

「ほんと？」

私はぽんと手を叩いて、踊りたくなる気持ちを抑える。

「明日、和馬と明日香先輩に確認しようよ」

「みんな、気に入ってくれるかな？」

「あたしはもうそれしかないって思い始めてる」

とりあえず京子が気に入ってくれてよかった。

「こうなったら絶対にライブを成功させて、軽音部を作ろうね」

私は気合が入って、その目標をしっかりと言葉にする。

「もちろん。青春、ラノベ部もだよ？」

「う、うん。私もがんばってラノベを書くよ」

二人の帰り道。いつだって一人よりも二人がいいって、実感してる。

こんな私のことを認めてくれる仲間たちができたことで、あれだけクソだと思っていた青春にちょっとだけ前向きになれた気がした。

だから私も本気でラノベを書くしかない。自分で決めたことは、最後までやり遂げる。これは私の選んだ物語なんだから。

「あ」

「どうしたの、青春？」

「ううん、なんでもない」

今度はラノベのタイトルも思いついてしまった。

よーし、帰ったら書いてみよう……。

それは私にしか書けない物語。私の初めての物語。そして、あなたに読ませたい物語。

見上げた空には月ひとつ。恥ずかしくてまだ手を伸ばせないけど、二人で見る月はいつもより輝いている気がした。

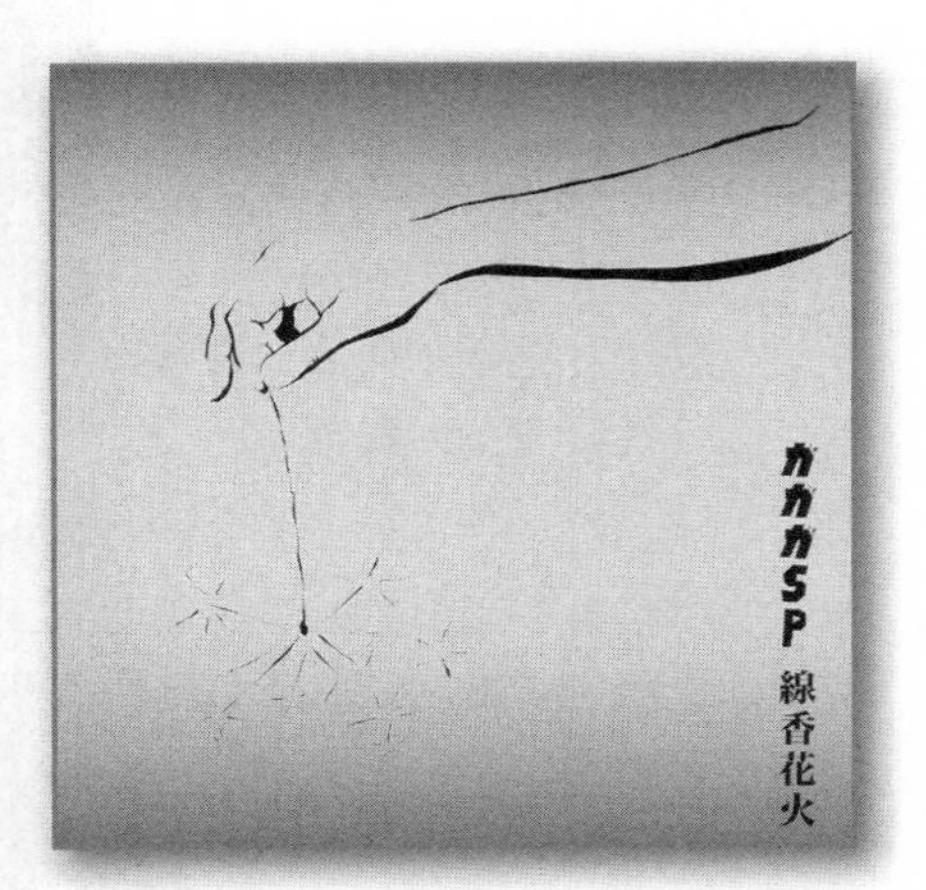

2001.08.10 Release「線香花火」

「で、では、発表します！」

いつもの貸しスタジオでの練習前。みんなの前で私は直立したまま、変な緊張感に包まれていた。

明日香先輩がドコドコドコドコとドラムロールを叩き、京子と和馬くんは床に座ってじっと私を見つめている。注目されることが苦手な私は、ちょっと膝が震えている。

何を発表しようとしているのかというと……。

「『少女ガガガ』です……」

私は昨晩習字してきた色紙を、顔の前に掲げる。

昨日の帰り道に京子に提案したバンド名を、二人にも判断してもらうことになった。

「……」

しばらく沈黙が場を支配する。

私は背筋をぴんと伸ばして、ドキドキしながら反応を待つ。

「……ど、どうかな？」

色紙からひょこっと半分だけ顔を出して、二人に聞いてみる。

「すごくいいです！」

「めっちゃいい！」

和馬くんと明日香先輩が同時に声を上げた。

「あたしもいいと思うよ。だってみんなとの出会いはガガガがきっかけになったし。じゃあこれで決定でいい？」

京子が太鼓判を押してくれて、和馬くんと明日香先輩に正式な了承を促す。

「レディー・ガガみたいで私は好きよ。かっこいいし」

明日香先輩は文句なしに賛成してくれた。

「僕は男の子ですけど、『少女』は大丈夫ですかね……」

「ナンバーガールにも筋肉少女帯にも男子がいるから大丈夫。それに和馬は女装するし」

「……そうですね。じゃあ問題ないです」

和馬くんもあっさり納得してくれた。一応、ガールズバンドということでいいよね？

「バンド名は『少女ガガガ』で決定！　文化祭まであと一か月、これからは気合入れて練習していこー」

「「おー！」」

こうして私たちのバンドは、軽音部（仮）あらため少女ガガガに決定した。

時は流れ、二学期の中間テストも終わり、文化祭までついに二週間を切った。

校内は一気に文化祭モードへと変化し、そこら中でざわざわ、あちこちでざわざわ。

放課後になると文化系クラブはもちろんのこと、各クラスでも発表や出し物の準備や悪だくみでさんざめく生徒たち。

文化祭でしか見つけられない青春に、命をかけるように——。

当然、私たち少女ガガガもテストが終わると同時にいつもの貸しスタジオで待ち合わせ。

テスト期間中はみんな揃ってのバンド練習も一旦お休みにしていた。試験勉強をやらないわけにはいかないしね。

三年生の明日香先輩だけはすでに大学の推薦を確定させていて、定期テストは余裕だったらしく一人で練習してたらしいんだけど。

というわけで、今日は久しぶりの四人でのバンド練習だった。

「ふぅ。休憩ー」

肩慣らしの意味も込めて文化祭でやる予定の二曲を繰り返し三〇分ほど演奏したところで、京子が休憩を入れる。

約二週間ぶりに四人で演奏したけど、ブランクは感じられない一体感だった。私はすでに声が枯れそう……。

「いい感じだね。みんな自主練してたでしょ？」

「僕はベースを触ってないと不安になるんで」

「私はテストよりドラムが大事だもん」

いよいよ文化祭まで二週間に迫り、みんなも自然と気合が入っているようだった。

「文化祭までになんとか形にはなりそうだね。あとはもっとブラッシュアップして、最高のライブができるようにならなきゃ」

やっぱり京子は一番気合が入っている。

「そういえば。青春のクラスは何をするの、文化祭？」

京子はギターの弦を変えながら、閑話休題。

「たこ焼き屋だって。今もみんな教室でたこ焼きを焼く練習やってるみたい」

「青春はしなくていいの、たこ焼きの練習？」

「部活の発表がある人はそっち優先でいいらしいから」

「あたしらはまだクラブと認められてないけど」

「（仮）がついてても、大丈夫だよ。たぶん」

「和馬は一年生だから、ゲート作りだよね」

「そうなんです。うちのクラスはあんまりやる気ないので、助かってます」

今日はツインテールにセーラー服の和馬くんがベースのチューニングをしながら、ベーンと低い音を鳴らす。

我が元町高校、一年生はクラスごとに入場ゲートを作ることになっている。校門から昇降口へ続く道に、七クラス分のゲートが設置される。それを全校生徒で投票し、キング・オブ・ゲートが決められるという謎伝統がある。

ちなみに体育祭、合唱コンクール、そしてこのキング・オブ・ゲートが元町高校の行事三冠と呼ばれているんだって。

「私も今年の文化祭はみんなとバンドで演奏できて楽しいの。今からワクワクして毎日八時間しか眠れないのぉ」

めっちゃ寝てますね。健康的すぎます。

ドラムスティックを几帳面に並べながら、今日も天然が捗る明日香先輩。

美人なのにぼっちという類い稀なるキャラを持っているが、今はドラムの腕がめきめき上達している。この前、手のひらを見せてもらったらマメがいっぱいできていた。二の腕に筋肉がついてきたのが自慢らしいけど、それを校内で見せつけようとして男子たちをメロメロに魅了させているらしい。サキュバスも大変ですね……。

「私も今年の文化祭は楽しみです」

かく言う私も去年の文化祭は校庭のはずれのベンチでラノベを読んでた。文化祭の枠の中に自分は交ざれないと思ってた。自分から交ざらなかったくせにね。

だけど今年の文化祭には私の居場所がちゃんとある。やっと自分で見つけた居場所。

「で、青春はどんな感じ？　書けてる？」

それはもちろん、私のラノベのこと。

私も着々とラノベを書き進めていた。

バンド名を思いついた日、同時にラノベのタイトルも閃いた。それからは一気にアイデアが溢れてきて、どんどん書けるようになった。

「なんとか間に合いそう。あとは推敲して、もっといいものにしていくだけ」

これは本当。文化祭まであと二週間で、完成までの目途は立っていた。

できないできないと弱音を吐くだけじゃなく、とりあえず書いてみることにしたらうまく転がり始めた。

「スイコーだって。作家みたいだね？」

京子が嬉しそうにからかってくる。自分でも思った。作家みたいだなって。

「僕も青春さんのラノベ読むの楽しみです。買いに行きますね」

「和馬くんにはあげるから」

「ちゃんと買いますよ。ラノベ部のお手伝いはこれくらいしかできませんから」

「ほら、ここの三人が買えば、あと九十七冊だね」

「あ、ありがとう……」

明日香先輩と和馬くんの思いやりに、私は素直に頭を下げる。

だけど実のところもう一つ大きなハードルがあることは忘れていなかった。

部員をあと二人集めること……。

もしかしたら文化祭当日、私のラノベを買ってくれた生徒がそのままラノベ部に加入してくれる可能性も無きにしもあらずだ。ていうか、もうそれしかないと目論んでいる。

「青春もやる気みたいだし、そろそろ練習再開しよっか」

「う、うん」

私もマイクを持って立ち上がる。

「青春さんもマイクが似合ってきましたよ」

和馬くんがベースのプラグをアンプに差しながら、嬉しいことを言ってくれる。

「京子ちゃんがボーカルのままだったら、もう大変だったね」

「ちょっと、どういう意味ですか？　明日香先輩、そこ擦りすぎだから」

「だってすべらない話だもん」

「そこまで言うんだったら、あたしが歌ってもいいんだよー？」

「ダメです！　京子さんはギターに専念してください」

「もう。わかってるし！」

和馬くんをぽかりと叩く京子。

今日も少女ガガガはいい雰囲気だ。

「文化祭まで二週間しかないんだよ？　本番は目の前に一〇〇人以上の観客がいるんだから、気合入れていこう！」

京子の檄に、私たちも自ずと気合が入る。

私はそっと目を閉じ、ステージの上にいることを想像する。京子が私たちにも見せたいと言ってくれた風景は、どんなものだろう。

その先の未来を見るんだ。たった一〇〇人の観客だなんて、ただの通過点だよ。

「じゃ、いこっか」

京子の合図で、私はぎゅっとマイクを握り締めた。

まさか自分がこうやってバンドでボーカルをやることになるなんて思いもしなかった。

子どものころのアイドルになるという夢は叶わなかったけど、その挫折のおかげで今の私がある。軽音部とラノベ部を作るために、私は今ここにいる。

「一曲目から。青春は歌に入るところだけ気をつけてね。明日香先輩のカウントで」

京子はギター、和馬くんはベース、明日香先輩はドラム。床に弧を描くケーブルは、体中をめぐる血液のように私たちを繋げている。

四人で向かい合って円陣を組むような立ち位置になり、みんなの顔が見えて安心する。

明日香(あすか)先輩は私の準備が整うのを、いつもの柔和な笑顔で待ってくれている。

和馬(かずま)くんは私が緊張しないように、肩を上下させてリラックスさせようとしてくれる。

京子(きょうこ)は私のことを信頼しているのか、自分のギターをじっと見つめている。

「……ふぅ」

私は一つ、大きく息を吐いて、三人と視線を交差させた。

それが合図となり、明日香先輩がスティックを頭上に上げる。

「ワンツースリーフォー！」


「そういえば、知ってました？　今週の土曜日、渋谷でガガガＳＰ(スペシャル)のライブがあるんですって」

スタジオからの帰り道。急に和馬くんが切り出した。

「えぇ、知らなかったぁ。行きたい！」

「僕もそう思って調べたら、すでにチケットは売り切れてたんですよ。みんなでガガガＳＰを観れたら、文化祭に向けて士気が上がるかなと思ったんですけど」

「そうなの。残念ねぇ」

これには明日香先輩もがっかり。

いいなぁ。私も生でガガガＳＰ観たかったなぁ。でも売り切れじゃ……。

「ちょっと、和馬ー。もう、サプライズにしようとしてたのに」

するとと京子が一人立ち止まって、頰を膨らませていた。

「どうしたの？　サプライズって？」

「実は、これ」

鞄に手を突っ込んで、京子が何かを取り出す。それは小さな封筒だった。

「もしかして……？」

「ガガガSPのライブのチケット！　四枚あるよ！」

じゃじゃーんと封筒からチケットを取り出す京子に、私たちは顔を寄せ合わせる。

「えー！　どうしたんですか、それ？」

「そりゃガガガSPがライブするんだったら、チケット取るに決まってるよね！　みんなには
サプライズにしとくはずだったのに、和馬が言っちゃうから」

「知らなかったんで、ごめんなさい」

「いいのいいの。ってことで、みんな行くでしょ？　文化祭前にホンモノを観て、気合い入れ
ようよ！」

京子が得意気にチケットを見せびらかす。

「行くしかないわね！　ライブハウスなんて初めて！」

「絶対に行きたい！」

「僕も、行きたいです！」

私は楽しみすぎてぶるぶると震える。

だってあのガガガSP（スペシャル）だよ？　ガガガ文庫とコラボして、京子（きょうこ）との出会いのきっかけになった、あのパンクバンドだよ？

今じゃ京子から全アルバムを借りて、執筆しながら朝から晩まで聴きこんでいるんだ。

「じゃあ土曜日はガガガSPを見に行こう！」

「「イエーイ！」」

京子たちがハイタッチをし始め、私もその輪の中に入ろうとするけど……。

「い、いえーい……」

タイミングが合わずにスカッと空振っちゃう。ハイタッチなんてしたことないから……。

「もう。青春（あおはる）、しまらないなあ」

「だ、だってぇ……」

みんなが「あはは」と笑って、私も「えへへ」と苦笑い。

京子からの思わぬプレゼントにテンションが上がった私たちは、自然と笑顔が溢（あふ）れていた。

一人だと笑うのにも気を使った。一人だとやりたいこともやっちゃいけないような気がした。一人だと、楽しくなかった。

でも今はみんながいる。それだけで、私はなんでもできるような気がした。

渋谷。

それは欲望渦巻くマッドシティ。

ハチ公前に待ち合わせをした少女ガガガ一行だったけど、私は集合時間の一時間前に到着してしまった。絶対に迷子になると思ってたのに、すんなりハチ公見つけちゃったんだもん。心配性のぼっちの習性として、待ち合わせ時間よりだいぶ早く到着しがち。

そして一人だと所在なくなって、さっきから何度もスクランブル交差点をあらゆる角度から渡っている。五芒星(ごぼうせい)を描いてる黒魔術師だと思われてないかな？

早く誰か来てと、ハチ公に睨(にら)まれた小動物状態でおろおろしていると。

「青春ちゃん、早いねぇ」

集合時間よりも早く現れたのは、やはり明日香(あすか)先輩だった。さすがぼっち、同志は期待を裏切らない。

「ああ、明日香先輩……。誰も来ないかと思いました……」

「もう、そんなわけないじゃないのぉ」

安堵感から明日香先輩に抱きつく。休日のぼっち美人はいい匂いがした。

パーカー姿の私に対し、明日香先輩はワンピース姿。足元もヒールだ。

「そんな服装で大丈夫ですか？　これからライブですよ？」

「どうして？　推しに会うならお洒落してこなきゃでしょ？」

「そうですけど……」

ライブハウスをアイドルの握手会と勘違いしてない？

オタク歴の長い先輩にとって、ガガガＳＰのライブも推し活の一部らしい。京子に怒られなきゃいいけど……。

とりあえず二人でガガガＳＰの好きな曲を語り合っていると、集合時間になっていた。

「お待たせー。早いじゃん、二人とも」

京子と和馬くんが時間どおりに、一緒にやってきた。

さすがに二人とも、動きやすい服装で来ている。だよね？

「……明日香先輩お洒落しちゃって、デートにでも行くんですか？」

「推しとデートよぉ」

京子のいじりにも、明日香先輩は通常営業。

みんなと合流してやってきたのは前に京子に連れられてきたＺＺＺとは違う、スターラウンドというライブハウスだった。

入り口からしてアメリカって感じのコンセプトで、ライブハウスに来ると大人になったって気がするよね。まさに大人の階段。

チケットを渡して中に入ると、すでにロビーはごった返していた。みんなでまずはドリンクカウンター。

「明日香先輩、ドリンクは一気飲みしなきゃいけないんですよ。ライブハウスの常識です」

私はくいっと眼鏡を上げながら、常連風を気取る。だってライブハウス、二回目だもんね。

「そうなの？　勉強になるね」

四人で一気にコーラを飲み干し、客席へ入る。

「わあ！」

ステージ前には人がぎっしりだった。すでに二〇〇人くらいはいそうで、始まる前から熱気で溢れていた。みんなガガＳＰのＴシャツを着ていて、気合が入っている。私も欲しいな。売ってるのかな？

前回の高校生ライブのときとは違って、より緊張感が空気に出ている。さすがプロのアーティストだ。

私たちも緊張しながら固まって、後方に陣取る。

「楽しみですね。なんの曲をやるんでしょう？　やっぱ最近の曲が多めですかね？　絶対『線香花火』は聴きたいんですけど。あ、ベースの弾き方も参考にしなきゃ」

いつもは冷静な和馬くんまで、ちょっとテンションが上がって早口になってる。今日は練習じゃないのでツインテールではないことだけが悔やまれる。

明日香先輩はどうしてるのかなと思ったら……。

「そうなんです。ライブハウス、初めてで。いろいろ教えてくださいねぇ?」

さっそく男たちに囲まれてた。

さすが元高のサキュバス。学校の外でもその実力を遺憾なく発揮している……。

「あ、ごめんなさい。友だちがいるのでぇ」

明日香先輩はてててとこちらにやってくる。

「だ、大丈夫ですか?」

「いつものこと。ていうか、ドレスコードがあるんなら言ってよぉ」

やっぱりお洒落なワンピースは浮いちゃってるし、男を引き寄せるんだね……。オールスタンディングのライブは動きやすい服装で行きましょう。

「でも楽しみ。ドラムだけはちゃんと見ようと思ってるから」

和馬くんも明日香先輩も、ライブを楽しみにしながらちゃんと文化祭のことも頭の隅に残っているようだ。プロの演奏から、何かを盗もうとしてる。

「私も、ライブパフォーマンスを参考にしなくっちゃ……」

必死で背伸びしながら、ステージに目をやる。こういうとき背が低い女子は大変だ。

「あたしたちのライブを成功させるためにも、きっちり見届けようね」

ボーカルが見やすい位置を探してちょろちょろしている私の横で、京子は腕を組んで余裕の面持ち。

　さすが堂々としてる……。大好きなバンドのライブだというのに、冷静でいられる京子はいつもに増して頼もしく見える。私も一秒たりとも見逃さずに、しっかり目に焼きつけよう。

　にぎにぎとした空気の中、ちょうど七時になったところで客席の照明が暗くなった。

「始まるよ！」

　ぎゅっと、一気にお客さんがステージ前方に押し寄せる。私たちは無理せずに、その場でじっとしていた。次の瞬間、ステージにスポットライトの光が落ちる。

　一気に輝いたステージにガガガＳＰ（スペシャル）のメンバーが現れ、客席全体からドドドッて感じの歓声が上がる。

「きょきょきょ、京子ちゃん！」

　ボーカルの人が叫んだ。ガガガＳＰのデビュー曲であり、京子が一番好きな曲だ。

「京子……。あれ？」

　隣にいたはずの京子がいなくなっていた。

　どこに行ったんだと探したけれど、もうそれどころじゃなくなる。

　演奏が始まると、すでに自分の声も聞こえないような爆音が鳴り響く。だけどはっきり聞こえる、ギターの音、ベースの音、ドラムの音。それぞれが一つの音楽を形成している。

　この前見た高校生のバンドとはまったく違う。それぞれの音がケンカをせずに、一体となってメロディーを作っている。すごくクリアで、すごくダイナミック。

これが生のガガガＳＰ……。

初めて観るプロの演奏に圧倒されて、感動で全身に鳥肌が立ってしまう。

ボーカルが最前の柵に足をかけて、身を乗り出すように歌いだす。

音は大きいけどはっきり歌詞が聞き取れる。歌がダイレクトに伝わってくる。

すでに客席はカオス。モッシュが始まり、みんなが拳を突き上げている。音に乗り、音に酔い、まるで海の上にいるように床が揺れている。人が波のように右へ左へ、上へ下へ。会場全体がうねっているようだ。

私の体も自然と燃え上がるように、内から外へと熱い何かが湧き出てくる。

ボーカルの動きを目で追い、歌声をしっかり心に刻んでいたら、とんでもないところで京子を見つけた。

「あ、京子？」

なんと人の波の上を泳いでいた。

さっきまで冷静に見届けるとか言ってたくせに、ダイブしてるし……。

京子は観客の頭の上を仰向けで転がっていき、ステージの手前で落っこちた。心配になるけど、京子なら大丈夫だよね？　たぶん。

そこからライブはノンストップ。何人もダイブして、みんなで合唱して、ＭＣを聞いて、また弾けて飛んで。

和馬くんも気がつけば前方に突撃しちゃってるし、明日香先輩もヒールでぴょんぴょん飛び跳ねている。

私たちは体全体でパンクを感じていたんだ。

そしていよいよ。

「最後の曲、『青春時代』！」

それは私の名前が入っている曲。

君と僕は確かに青春時代を生きていたのさ
君こそ僕らの本当の友達だといえているんだよ

アイドルみたいになれると信じていた子どものころ。大人になるにつれ、憧れは憧れのまま終わった。そして自分の名前にこじらせ、ぼっちになって。青春まるごと嫌いになった。

だけど今この瞬間、すべてを肯定してもらえた気がした。

京子が「京子ちゃん」を聴いて自分の名前が好きになったように、私には「青春時代」がそう思わせてくれる。

私と京子が出会い、お互いの夢を追って、友だちになった。私はラノベ部を作り、京子は軽音部を作る。

私が手にしようとしているのは、青春そのものなんだ。

いつの間にか涙を流していた。感情が揺さぶられていた。

ラノベに、ガガガ文庫に出会って、ガガガＳＰ（スペシャル）のライブを見て、私は青春を生きているって気づくことができた。

「え……？」

曲の途中で、ぎゅっと手を握られた。

京子（きょうこ）だった。いつの間にか私の隣で、汗だくの京子が私の手を握ってくれていた。

そして私の初のガガガＳＰのライブは、大歓声のうちに終わった。

ぞろぞろとライブハウスから出ると、風がひんやりと体の熱気を冷ましてくれる。

ライブを観るってすごく疲れるんだけど、達成感がすごい。自分で何かをやったわけじゃないんだけど、何かが変わったような……。そんな気持ち。

「帰ろっか」

京子のその一言だけで、私たちは無言で渋谷駅へ向かう。

感想を言うことで、本当にライブが終わってしまう気がしていた。余韻（よいん）を味わっていたかったのかもしれない。

特に京子は先頭を歩きながら、ずっと何かを考えているようだった。

私も京子に話しかけることもできず、渋谷駅に到着する。

「京子ちゃん、今日は誘ってくれて本当にありがとう。私、感動しちゃって。なんて言っていいかわからないほど、感動してる」

さよならのタイミングで、ようやく明日香先輩がライブの感想を漏らす。

京子はまだ心ここにあらずといった感じで、「うん」とだけ返す。

「元気をもらったとか、勇気をもらったとか、そんなふうに簡単に感動できたらよかったんだけど、違うの。心の中で何かが燃えてるの」

きゅっと胸の前で手を握る明日香先輩は、まだ興奮が冷めないのか珍しく頬が赤く染まっていた。

この気持ちをどう表現していいのかわかんないんだよね。私もそう。

「僕も確実に文化祭のライブは成功させなきゃって思いました。僕もあんなライブをしたいんです。しなきゃだめなんです」

言いたいことをずっと我慢していたみたいに、思いを一気に吐き出す和馬くん。

私も一緒の思いだった。

ガガガSPのライブをみんなで観て、目標がよりはっきりと見えた気がした。

「じゃあ、また月曜日ね」

そう言って駅で解散しようとしたとき、それまで黙っていた京子が口を開いた。

「ねえ。これから、花火しない？」

向かったのは、私が不満をぶちまけてきたあの河原。

十月になって季節は秋になってしまっている。少しひんやりする夜風が、ライブ終わりの興奮した体を程よく冷ましてくれた。

花火なんてもうどこにも売ってなくて、駅前の大型量販店で店員さんに聞いたら「これしかないけど」とわざわざバックヤードから一袋だけ出してくれた。

「季節外れの花火にはちょうどいいよね」

輪になって座り、京子が線香花火をみんなに配ってくれる。

ちゃんとバケツも買ってきて水を張った。

まだこの時間も鉄橋の上は電車がひっきりなしに行ったり来たり。川の向こうのビルは明るく光を放ち、夜空もまぶしそう。

電車が通り過ぎるのを待ち、少しの静寂が訪れたところで、京子がみんなの花火に火をつけてくれる。

そっと丸い火が灯る線香花火。

パチパチ、ピシパチ。

その音は秋の夜に溶けていく。

パチパチ、ピシパチ。

見つめる火花は弾けてく。

パチパチ、ピシパチ。

この瞬間を切り取って、思い出に閉じ込める。

パチパチ、シュン。

線香花火はポチンと落ちて、足元に残った光は儚く消えた。

大事な時間が終わるのを見たくなくて、私は真っ暗な空を見上げた。

始まったものはいつか終わるんだ。わかってるよ。

「いつかあんなライブがしたいな。観客全員が盛り上がって、ダイブして、モッシュして。あたしの夢」

線香花火が消えて気持ちも萎みそうになったところで、京子が話し始めた。

ガガガSPのライブが終わって、その余韻がようやく整理できたかのようだった。

「夢……」

和馬くんが静かにつぶやく。

「そう。ステージは大きければ大きいほどいいよね。やっぱ夏フェスかな。野外のメインステージで何万人の前でギターを弾いて。大自然の中で爆音をかき鳴らすんだ」

京子が立ち上がって、私たちに背を向けた。

じっと川のほうを向いて、ポケットに手を突っ込んでいる。

「……絶対に叶えるんだ」

それは未来への宣戦布告だった。絶対に夢を叶えてやるっていう、京子の宣言。

いつか長田先生にも言ってたっけ。それは自信じゃなくて確信だって。

その背中越しに、川の向こう側のビルの明かりがいくつも輝いている。それは京子の演奏を待っている、何万人ものオーディエンスのようだった。

京子には見えているのだろうか。夢が叶ったときの、その未来が。

「だけど、まずは文化祭のライブだね」

くるっと振り向いたとき、京子はいつものように笑っていた。

「ライブを成功させるしかないわよね。これが京子ちゃんの夢へと向かう伝説のライブになるんだもん」

「もう、プレッシャーかけないでください」

「何万人の前で演奏するのが夢だったら、一〇〇人集めるくらい簡単なことよねぇ?」

明日香先輩の持ち前のポジティブさで、ちょっとしんみりした雰囲気が消えた。

「明日香先輩は夢、あるんですか?」

和馬くんは線香花火をバケツに入れながら、話の流れに乗る。

「私？　友だち一〇〇人作りたいなぁ」

「明日香先輩なら作れますよ」

「ありがとう。和馬くんは？」

「僕は……。そうですね。女装しなくてもベースが弾けるようになりたいですね」

「和馬くんなら大丈夫よぉ。きっと親御さんも認めてくれるよ」

京子の夢に影響されたのか、みんなが順番に夢について発表し始めた。

私は次に自分の番が回ってくると思うと、息が止まりそうになる。

学校の授業で出席番号順に当てられていくのをドキドキしながら待っている、あれ。苦手なんだよね、順番が読めるからこそ間違えられないっていうプレッシャー。

しゃがんだまま、膝の上できゅっと拳を握る。

「青春(あおはる)は……」

京子が夢の話を振ってきたが、私の様子がおかしいと感じたのかそこで口をつぐんだ。

「私は……」

それでも、私は応えようとする。

「私ね、ラノベ部を作りたいとは思ってるんだけど、本当に自分ができるのか不安でいっぱいなんだ。これを夢って言っちゃうと、叶わなかったときが怖くて。夢を叶える自分がイメージできないんだ」

ネガティブ思考って、どれだけ幸せなときでもひょっとしたときに顔を出してくる。

今日のライブだってそう。楽しかったけどどこかで終わったときのことを考えちゃう。

いいイメージは長く続かずに、悪いイメージに塗りつぶされる。

「夢を見るのが苦手なんだ。すぐ悪いこと考えちゃって……」

できるだけ明るく、みんなの夢を壊さないようにふるまった。

「ちょっとだけ弱気になっちゃった。なかなか自信ってつかないね」

ポンッと立ち上がって、へへへって照れ笑い。

「青春（あおはる）が自信を持って毎日生きていけるように、あたしたちがもっと輝かせてあげるよ」

おどける私に、京子（きょうこ）が真剣な顔で言った。

「京子……」

それはガガガSP（スペシャル）の「線香花火」の歌詞からの引用だって、私はすぐに気づいた。

京子は弱気な私もすべてまとめて受け止めてくれようとしている。和馬（かずま）くんと明日香（あすか）先輩も、黙って笑ってくれていた。

だよね。私はもう一人じゃないもんね。

「わかった。文化祭を成功させて、軽音部とラノベ部を作るのが私の夢！」

もう怖くない。みんなが照らしてくれるから。

みんなで線香花火をした思い出は、一生消えないから。

こんな私でも、夢も青春も見つけられるはずだから。

「じゃ、そろそろ帰ろっか。すっかり遅くなっちゃったよ」

花火を片づけ、帰る支度をする
「さあ、文化祭、楽しもうね！」

「「おー！」」

最後に四人で手を合わせて、文化祭の成功を誓った。

きっと夢も青春も、いつまでも味のなくならないチューインガムみたいなものだ。自分から捨てなければ、いつだって心の中に居続ける。

私は河原を振り返り、小さくつぶやく。

「私はもう大丈夫だからね……」

今の私に捨てるものはない。全部抱えて、前へ進むから。


文化祭当日。

私の書いた小説は完成した。ちゃんと前日に印刷して、文芸部と漫研の合同即売会の会場である図書室に搬入した。一〇〇冊売れればきっとラノベ部に入ってくれる生徒も三人くらいは見つかるはずだ。

そのためにも、まずはライブを成功させる。それが最高の宣伝になるかもしれないし。

今日ですべてが決まる。すべてが変わる。

軽音部とラノベ部を作ってみせるんだ。

「よし」

今日がスタートライン。私の夢へ向かって、家を出た。

少女ががが

文化祭当日。

空も澄み渡る綺麗な秋晴れ。暑くもなく寒くもない、爽秋の気候が心地よい。

雨だったら野外ステージのライブは圧倒的に集客が不利になると京子が言ってたけど、ひとまず天気の女神は私たちの味方になってくれたみたい。

いつもより一時間ほど早く学校に登校する。すでに校内には生徒も多く、いい意味で浮足立っていて今日という日を楽しもうという気持ちを感じまくる。

一年生のクラスが作ったゲートが校門から連なっており、さっそく文化祭の雰囲気を醸成していた。和馬くんのクラスのゲートはどれかなって探していたら、ベースの飾りが吊るされているゲートがあった。その飾りを裏返すと、「be myself（自分らしく）」と書かれていた。きっとこれだね。

グラウンドのほうを見ると、私たちが演奏するサブステージが設営されていた。

野球部のバックネットを背にした、小さく簡素なステージ。

だけどグラウンドに向けて演奏できるので、解放感はすごそう。軽音部を作るための条件である観客一〇〇人と言わず、何千人でもどんとこいって感じだ。

「あーあー」

ちなみに私の声の調子も、絶好調。自然と気合が入ってくる。

今日のライブに向けて好条件の重なりを感じる。

本日午後一時、少女ガガガの初ライブ。

校舎の廊下にはポスターを貼りまくって、校門でチラシを配りまくった。

緊張しないように、何度も何度も練習をした。

ガガガSP（スペシャル）のライブを観て、モチベーションも最高に上がった。

もう特別なことはする必要はない。みんなが最高の演奏をしてくれる。

私は歌うだけ――。


午前八時。

私のもう一つの目的、ラノベ部の設立。

その準備をするために、朝のホームルームが始まる前に図書室に向かった。

ここは文芸部と漫画研究会の合同即売会が開かれることになっている。すでに何人かの生徒たちが、慌ただしく机に本を並べていた。

「あ、あの……」

人見知りをフルで発動させる私は、きびきびと準備をする生徒に声をかけられないでいた。

「ええっと、どうしたの？」

図書室の入り口でおたおたしていると、背の高い女子が気づいて声をかけてくれた。ただ怪しまれただけかもしれない。

「あ！」

声をかけてくれた生徒と顔を見て、声を出してしまう。

「……山田さん？」

その生徒は以前、図書室で私に長田先生情報を教えてくれた図書委員の山田さんだった。

「いつかの迷える女子……？　どうしたの？」

山田さんも私のことを覚えてくれていたみたいだった。

「あの、小説をここで売ってもらうことになってる、早乙女です。長田先生から……」

「ああ。あなたがそうだったの？　そこの段ボールに入ってると思うから、好きなところに並べていいよ」

「あ、はい……」

話が通っていてよかったと一安心。

大きく「早乙女青春」とマジックで書かれている段ボールを運び、机に運び並べ始める。

本といっても印刷してホッチキスで留めただけの薄い本だった。

丁寧に、角を揃えて、まっすぐに。値段は五〇円。長田先生と相談してそう決めた。

「私、図書委員もやってるけど、漫研の部長もやってるの。怪しい者じゃないからね」

山田部長は私の隣にやってきて、てきぱきとマンガを机に並べていく。

「そうだったんですか。あの、今日はありがとうございます……」

「長田先生に言われたら断れないからね」

山田部長はちょっと迷惑そうにつぶやいた。

部外者の私にわざわざ場所を提供してくれたわけで、迷惑をかけてしまったなら申し訳なく思う。

「その、ごめんなさい……」

「いやいや、早乙女さんが謝ることはないよ。こっちこそ、気に障ったらごめんね。長田先生、こういうことしょっちゅうだから」

長田先生は私たち以外にもいろんなところで無茶ぶりをしてるんだな……。

「そういえば、聞いたよ。この本がそうなんでしょ？　長田先生から無茶な条件を突きつけられたってやつ？　あの先生、そういう勝負事みたいなの好きだから。ラノベ部でもなんでも認めてくれたらいいのにね」

積み上げている私の本を、同情するようなまなざしで見つめる山田部長。

その隣に漫研のマンガが並べられていくが、それぞれ多くても五冊ほど用意されているだけだった。

私のラノベ一〇〇冊がどれほど無謀なことなのか、言わずもがなで思い知らされる。

「それとライブもするんだって？　だからこの前、軽音部のことを調べに来たんだね」

「その節は、どうも……」

あのときに教えてもらったことで、長田先生攻略の糸口が見えたので感謝している。

「本を売って、ライブをして。死ぬほど文化祭楽しんでるよね。私なんて毎年ここで店番してるから、文化祭っていうかただのバイトだもん」

山田部長は手も動くが、それ以上に口もよく動く。

「やりたいことはどんどんやっていけばいいよ。マンガも小説も音楽も一緒。自己表現って、自分がこの世界に生きたという証明だからね」

「はい。そう思います……」

ラノベを書いて、ライブをして。今の私はやりたいことがいっぱいだ。

「もし早乙女さんの本が売れなくてラノベ部が作れなかったら、漫研に来てもいいよ？　看板は違ってもラノベを書いたらそれでいいし。うちの部はそのへん融通が利くから」

それは山田部長の、甘い誘いだった。

図書室の本の匂いが、私の気持ちを揺らす。

でも。

「それじゃ、だめなんです。私、ラノベが好きで、もっとラノベを広めたいと思ってるんです。

漫研に入ることが嫌なわけじゃなくて……。もちろん、ありがたいお話ですけど……」

そこでいったん言葉を溜め、一気に思いのたけを吐き出す。

「どれだけ無謀でも、最初から諦めるんじゃなくて、できるかできないかじゃなくて、やってみたいんです。自分の力でラノベ部を作りたいんです」

最後まで言い切って、私は唇をぎゅっと結んだ。

黙っていたら、何も伝わらない。私だって、言いたいことはいっぱいあるから。

「早乙女さん、よく言った！」

すべてを吐き出して顔が真っ赤になっている私の肩をポンポンと叩く山田部長。

「任しといて、私は一日ここで店番やってるから。あなたの本、九十九冊売ってあげる」

「え？　九十九冊って……」

「私が最初の一冊、買ってあげるからよ」

「あ、ありがとうございます」

最初のお客さんになってくれた山田部長に、大きくお辞儀をする。

「……で、このタイトルはどういう意味？」

山田部長は私の本を手に取り、その表紙のタイトルを珍しそうに眺める。

「それは、今の私がここにいるすべてです」

ゼロから書き上げた、今回の小説。短編になったけど、それでも私にしか書けない、今の私のすべてが詰まってるはず。

「ライブが終わったら、すぐに戻ってきます」

山田部長の厚意に甘えて、図書室を出た。

ライブもラノベも、今日は早乙女青春としてすべてをやり遂げてやるんだ。


午前十一時。

「お待たせ」

少女ガガガの控室となっている音楽準備室のドアをそっと開けると、すでにメンバー三人は揃っていた。

文化祭の日は朝のホームルームが終わると、基本的に生徒は自由行動になる。

だけど午前中はみんな自分たちのクラスの出し物の準備があって、集まることはできなかった。私もクラスのたこ焼き屋の店番を終わらせて、直行してきた。

「いよいよだね」

ついに私たちのバンド、少女ガガガの初ライブが行われる。午後一時からの予定だから、まだあと二時間ほどあるので各々が準備を進めていた。

「とりあえず、ドラムとか機材は朝一で搬入してもらったよ」

ギターの弦を張り替えていた京子が言う。さすがにいつもより表情が硬い気がする。

和馬くんは窓からグラウンドのサブステージを見下ろしているし、明日香先輩も部屋の中をうろうろしている。みんなどこか落ち着かないようだ。

「ラノベ部のほうは？」

「うん。準備してきた」

それでも京子は私の心配をしてくれる。あっちは漫研の山田部長に任せてきたけど、まずは軽音部のライブを成功させなきゃいけない。

「そっか。ラノベ部も大変なのに、こっちも手伝わせて悪いね」

京子は髪をかき上げながら、椅子から座ったり立ったりを繰り返している。

「今さらそんなこと言わないで。みんな、ライブがんばろうね」

私はこの緊張した空気を和ますように声をかけたが、誰からも返事は返ってこなかった。

「ちょっとどうしたの？　みんなテンション低いよ？」

いつもは私が励まされる立場なのに、こんなの初めてだ。これがライブに向けていい緊張になればいいんだけど……。

「ちょっといいか？」

ドアの外から声がかかり、とんとんとノックされる。

私が内側からドアを開けると、やってきたのは長田先生だった。

文化祭だというのに、今日も白衣姿で平常営業。

「先生、どうしたんですか?」

「様子を見に来ただけだ。ちょっと失礼するぞ」

長田先生はカツカツとヒールを鳴らしながら部屋に入ってきた。

私たち四人を見渡したうえで、「さてと」と前置きして本題に入る。

「田中。一応確認だけしておくが、午後一時からのステージで観客一〇〇人を集める。これが軽音部設立の条件だ。いいな?」

長田先生が京子の前に立ち、今回の勝負の条件を言い渡した。

「わかってます……」

緊張からか、京子もどこか声に覇気がない。

「ライブは二曲やる予定みたいだが、二曲目が終わった時点で私がきっちり観客の人数を数える。ごまかしは効かない」

不敵に笑い、待機している私たちを見渡す長田先生。

「ごまかすつもりなんてないです。数えるまでもないくらいに観客を集めてみせますから」

京子も負けずに、言い返す。

「しかし、お通夜みたいな空気だな。そうか、君らのライブの裏は体育館で吹奏楽部が演奏するんだったな。最初から諦めているのか? 私がわざわざ出番を用意してやったのに、白けたステージになりそうだな」

「そんなことで諦めるわけないですよ！」

腕を組んで上から目線の先生に、京子も立ち上がって対抗する。

「ほう。諦めていないのか」

「当たり前です。全校生徒が熱くなるようなライブをやりますから！」

「見せてもらいたいものだな。私を興奮させるようなライブを」

顎を突き出し、部屋を出ていこうとする長田先生。

「長田先生！」

私はとっさに叫んでしまった。

最後まで言われっぱなしじゃ悔しいもん。今まで我慢してきたけど、私だって言ってやる。

「先生、見ててください。私たちはゆべ、ゆ、夢を叶えますから……」

一番大切なところで噛みまくり、尻つぼみになってしまった。

「早乙女。慣れないことを言うから噛んでるじゃないか。ふふふ、ライブではそうならないように、せいぜいがんばりたまえ」

長田先生は嘲笑するように眉を上げ、そのまま出て行ってしまった。

反撃するはずが返り討ちにあった私。悔しい……。

「やってやろうよ！　長田先生をぎゃふんと言わせて、軽音部を認めさせよう！」

長田先生の挑発で、京子が完全復活した。

「僕もやります！　自分らしく、ありのままの自分で！」

さっきまでぼうっと窓の外を眺めていた和馬くん。スイッチが入ったかのように鞄からウィッグやコスプレ用の衣装を取り出し、じっと見つめている。

「私だって、やっとやりたいことを見つけたんだから、がんばる！」

明日香先輩も床でストレッチを始める。

長田先生の挑発で気合が入ったのか、いつもの三人が戻ってきたみたい。敵に塩を送るなんて、先生も甘いわね。

……もしかして長田先生。私たちを心配して鼓舞しに来てくれた？

いや、そんなわけないか。あれがいつもの長田先生だよね。今は余計なことは考えないでおこう。私たちはただ、やるだけだから。


午前十二時半。

午後のプログラムの一発目の出番の私たちはグラウンドのサブステージへと移動し、ライブの準備をする。

今日は終日自由行動とはいえ今は昼休みなので、まだグラウンドには誰もいない。ここから一〇〇人、私たちの演奏で生徒を集めなくてはいけない。

ステージで楽器の音響チェックなどの細かい調整が終わると、私たち少女ガガガはステージの脇に移動し、呼び出されるのを待つことに。

「あとは、本番ね」

ひと通り準備が終わり、ペットボトルの水を飲んでクールダウンする京子。

「みんな来てくれますかね？」

和馬くんはすでに女装も完了していた。今日は赤髪ツインテールに、メイド服。コミケでライブをしていたときの衣装だった。

ていうか男子なのにその絶対領域からはみ出るエロさは何？　絶対に勘違いする男子が出ると思うよ？

この二人はもともと楽器をやっていた経験者。さすがに本番にメンタルも合わせてきた感じがあって頼もしく見える。

対して ど素人の私は、ステージを間近にして緊張が押し寄せてきた。

手のひらを見ると汗がびっちょりで、こっそり人の字を三回書いて飲み込む。

「青春ちゃん、緊張しなくても大丈夫。観客なんてジャガイモだと思えばいいの」

一か月前まではドラム素人だった明日香先輩が、緊張をほぐしてくれる。

「プレッシャーって、何かをしようとしなければ味わえないものなのよ。だから誇らしいことなの。誇りを持って、プレッシャーを楽しみましょ」

明日香(あすか)先輩がぎゅっと私の手を握ってくれる。

「明日香先輩……」

いつもは天然で不思議ちゃんなところがあるけど、大事なときはちゃんと先輩として導いてくれる。

私も明日香先輩のドラムの練習でマメができた手を、強く握り返す。

「五分前でーす」

文化祭の運営委員の子が、声をかけてきた。

京子(きょうこ)がすっと立ち上がり、それを見て私たちは自然と円陣を組む。

肩を組み、前かがみになってお互いの顔を確認すると、京子が話し始める。

「いよいよここまで来たって感じだね。このステージには、みんなに見せたかった風景があるんだよ」

「小さいころ、京子さんが見て憧れたステージですよね。ここに立つのが楽しみです」

「だけど、京子ちゃんの夢はもっと先だもんね？　軽音部を作って、もっと高いところを目指すんだもんね？」

和馬(かずま)くんと明日香先輩も、みんなを鼓舞(こぶ)する。

みんないい緊張と、いい余裕が出てきている。ライブ前に、仕上がるってこういうことなんだね。

「そういうこと。ゴールはもっともっと先。どこまでも走り続けなきゃ、たどり着けないところにあるから」

　自分に言い聞かせるように、深く重い声音で京子が言う。

「今はまだ見えなくても、近づいていきましょう」

「一歩ずつ、確実に」

「それが夢を叶えるってことだよね？」

「そうだよ、あたしたちは夢を叶えようとしてるんだ。今から」

　私たちは素直に気持ちを交換し合った。大言壮語を吐きながら、自らを奮い立たせる。

　もう戻らないし、戻る気もない。進むだけ。

　誰かと戦うんじゃない。自分と戦うんだ。

　そして午後一時、そのときが来た。

「元町祭、午後最初のプログラムは、少女ガガガによるライブです！」

　司会の生徒の呼び込みがあり、私たち四人は目を合わせ無言で頷く。

「この前決めたあれ、やろうよ」

　京子の号令で私たち四人は円陣の真ん中で手を合わせた。それは気合を入れるための儀式のようなものだった。

「少女！」

「「「ガガガ！」」」

京子の掛け声に、私たち同時に叫ぶ。合わせた手を、一気に頭上に掲げる。見上げた空のずっと向こう、まだ見えないみんなの夢に届くように、できるだけ高く指をさす。

これが少女ガガガの必殺ポーズ。

ついに私たちのライブが始まる。

もう何も話す必要もないくらい、私たちはリラックスしていた。

私も緊張なんてしない。これからこの手で摑むのは、私たちの夢と青春だから。

「楽しみましょう、みんなで」

まずはドラムの明日香先輩が、エアリーな髪をなびかせながら、ステージに向かった。

ドラムスティックを持つその手には、いくつものマメができていることを私は知っている。

趣味のゲーセン通いで音ゲーの達人だった明日香先輩が今日のステージに立つために、過酷な練習を積んできた努力の証だった。

誰に対しても優しすぎて勘違いされ、ぼっちになってしまったオタクの美人。みんなでバンドを組めることを一番喜んでいるのは、明日香先輩かもしれない。

「僕……、ツインテールやめます！」

いざステージへというタイミングで、メイド服の和馬くんがいきなり赤髪ツインテールのウイッグを外した。

「え、どうしたの、和馬くん？　それじゃあバレちゃうよ？」

「僕は僕らしく、ありのままの自分でやるって決めたんです！　着替える暇はないのでこれで行きます！」

　ウィッグだけ外して、男子の顔で堂々とステージに飛び出していく。

　自分に嘘をつかずにベースを弾きたいと願っていた和馬くんは、その一歩を踏み出したみたいだった。大きな一歩だね、和馬くん！

「青春(あおはる)」

　京子と二人きりになり、急に名前を呼ばれる。

「どうしたの？」

「このステージに立てたのは、青春と出会えたおかげだよ。ありがとね」

　肩にかけたギターのボディをそっと撫(な)で、恥ずかしそうにお礼なんて言っちゃう京子。らしくないよ？

「私はなんにもしてないし……」

「なに言ってんの。これから歌ってくれるんでしょ？」

「あ、そうだった」

「じゃ、やりますか」

「うん。やっちゃおう」

もうそれ以上の言葉は必要なかった。握った拳をこつんとぶつけ合うと、京子は全速力でステージに駆けだした。

ステージに向かう三人を見届け、私は思う。

最初のきっかけは、ガガガだった。

青春なんてすべて諦めて愚痴ばっか叫んでた私に、もう一度夢を見ることを教えてくれたのが京子だった。

いつも明るくて、みんなを引っ張ってくれる。

決めたことには迷わず一直線で、危なっかしいところもあるけど、隣にいるだけで勇気をもらえた。

軽音部とラノベ部。最初はパンクバンドを組みたい京子の夢に巻き込まれる形となった私だけど、目標ができたことによって前を向くことができた。

こんな私でも青春を謳歌できることを証明したい。夢を見れるって確かめたい。

「……よし」

いよいよ私の番だ。

転ばないようにしっかり足元を見ながら、ステージに向かった。

メンバーが待つステージに出ると、まずはドラムの前に座る明日香先輩が見えた。

和馬（かずま）くんはベースのプラグをアンプにつないで、足元のエフェクターを踏んで確認している。

京子は準備万端というように、ギターを構えてまっすぐ前を見据えている。

私もステージ中央のマイクスタンドに立ち、ふっと顔を上げた。

「……あ」

目の前に広がるグラウンドの景色に、思わず声が漏（も）れる。

少ない……。

そこにいたのは、簡単に数えられるほどの生徒だった。

明らかに一〇〇人なんていないのは一目でわかる。

封印したはずのネガティブ思考がぶり返してきて、さっきまで高ぶっていた気持ちがふわっと消えそうになる。

無理やり作った根拠のない自信なんて、ただの都合のいい妄想でしかなかったのかも。現実は、こんなにも残酷だったなんて。

やっぱりみんな、体育館の吹奏楽部を見に行ってるのかな？　それともまだ昼休みで教室にいるの？　私たちには興味ないの？

「どうも、少女ガガガです！」

弱い私が出そうになったところで、京子が話し始めた。

予定では簡単に自己紹介をして一曲目に入る予定だった。

「元町高校に軽音部を作るために、このバンドを組みました」

まばらなグラウンドに向かって話す京子。特に反応は返ってこない。

きっと一〇〇人には全然足りていないこともわかっているだろうけど、そんなこと関係なしにしっかりとした口調だった。

「あたしはガガガSPが好きで、パンクが好きで、ギターが好きです。でも最初、あたし一人で何もできなかったんです。それでこのメンバーに出会って、ついにこのステージまでやってきました。夢を夢で終わらせないために、ここでライブやらせてもらいます!」

それは京子の決意表明だった。ようやくぱらぱらと拍手が起こった。

弱気になっていた私も、ぐっと奥歯を嚙みしめて気合を入れる。

軽音部の設立条件は、二曲が終わるまでに一〇〇人を集めること。

始まる前から負けたときのこと考えちゃダメだ。

まだ何も手にしていないのに、失ったときのことを考えて怖がるのはもうやめにしよう。

私たちはここで、すべてを出し切ればいいだけ。

「校舎の中のみなさんも、通りすがりのみなさんも、よかったらこっちに来て聴いてください! 一緒に心の底を燃やしてくれ! 『心のページ』!」

「ワンツースリーフォー!」

京子のシャウトが終わったと同時に、明日香先輩のカウントが入る。

直後、京子のギターと和馬くんのベースが唸り、明日香先輩のドラムが轟く。
一気に演奏が始まり、私もマイクスタンドを両手で握り締める。自分の足元を見たまま大きく息を吸い込み、一気に歌い出す。

「七転八倒だったあの頃！　何事も人のせいにした！」

曲はガガガSPの「心のページ」。
京子が弾き語りで歌っていた曲。
私は全力で、すべてを出し切るように歌う。
始まってしまえば、もう何も考えなくてもよかった。
ただ歌えばいいいんだから。

「心は満たされているのかな！　今の僕の生活は！」

ただ目の前で聞いてくれている人たち、そしてまだここにいない人たちに向けて。
私たちの音楽が届くように、大声で歌いあげる。
間奏になり、京子のギターソロが入る。

私はようやく客席を見た。
最前列で腕を上げながら聴いてくれている人がいる。
私をずっと指さしている人がいる。
手拍子をしてくれている人がいる。
向こうのほうから走ってくる人もいる。
校舎の窓から手を振ってる人もいる。
そんなとこにいないで、こっちに来てよ……。
グラウンドを眺めているうちに間奏が終わり、また私は歌い始める。

「みんなと一緒にこの僕は乗り越えていきたいんだ！」

初めてのライブ、初めてのボーカル。
不思議と緊張しないし、それ以上にすっごく気持ちいいんだ。
自分でも興奮しているのがわかる。

「いつまでも心の底を燃やしていくよ！」

一曲目を歌いきると、グラウンドから拍手と歓声が上がった。

嬉しかったけど、まだ喜べない。

まだ足りない。

もっと、もっと、もっと……。

「青春！」

もっと増えろとグラウンドを見渡していたら、京子がマイクを通さずに私の名前を呼んでいることに気づいた。

「あ……」

二曲目に入る前のＭＣは私がすることになってたんだ。

ライブなんて初めてだし、ＭＣは京子がやってと言ったのに、無理やり押しつけられた。何を喋ればいいのかわかんないし、面白いことも思い浮かばずに悩んだ。

結局何も決めないままこのステージに立ったけど、それでよかったかもしれない。

一曲歌って、私は言いたいことができた。いや、できたんじゃない。ずっと言いたいことがあったんだ。

それは私がずっと川に沈めてきたネガティブな恨みとは違って、もっと胸の奥に眠り続けてきた熱いもの――。

私は京子に無言で頷き、マイクに近寄ると拍手が鳴りやんだ。

ゆっくり息を整え、話し始める。

「早乙女青春（さおとめあおはる）。青春と書いて、アオハル。これが私の名前です」

しーんと静まり返ったグラウンドに向かって、私は名前を名乗った。

少し反応を待つが、誰も笑わなかった。

スタンドからマイクを外し、ケーブルをぐるぐると手首に巻きつける。

そのままステージの一番前に立つ。

「私はこの名前が大っ嫌いでした。生まれたときから青春を押しつけられたにもかかわらず、私はオタクで、いつもラノベばっか読んでて、友だちなんかいなくていつもぼっちでした。青春なんて死んじまえって、ずっと思ってました」

こんな晴れの舞台で青春に対する恨みを吐き出す。

着飾る必要はない。

私は私、ただ言いたいことがあるから。

「私は本が大好きで、ライトノベルの中で青春を見つけて、勇気づけられていました。いつか自分もこんな青春を見つけられるのかなって。でもどこかでいつも諦めてた。何もしようとしなかった」

一気に喋（しゃべ）ると鼻水が出てきて、ずずっと鼻をすする。

そんなカッコ悪い私の話を、みんなは静かに聞いてくれている。

でも、まだ足りない。

もっと来て。

もっと私たちの歌を聴いて。

そして私の声を聞いて。

「だけど、友だちができたんです。バンドを組んだんです。歌を歌ったんです。勇気をもって一歩踏み出してみたら、新しい世界が見つかったんです。歌を歌っていると、キラキラして、ドキドキして、ワクワクする。そう思ったとき、私は青春の真っただ中にいるって気づいたんです。大嫌いだった青春が、目の前にあったんです。今、ここにいるすべての人も、それぞれの青春を過ごしています。あなたも、あなたも、あなたも、あなたも……」

私はスピーカーに足を載せ、ステージから身を乗り出すようにして、観客を睨みつけながら一人ずつ指をさしていく。

自分でも信じられない。こんなことをしている私はものすごくパンクかもしれない。

「ここにいる全員が、この瞬間が、すべてが青春です。青春するのに資格なんていらない。青春はいつの間にか始まってて、いつもすぐそばにいて、いつまでも終わらない。だから、言わせてください……」

すぅーっと息を吸い込む。

すべての人に、そしてたった一人の自分に――。

私が青春だー!

「私が青春だ――――――！」

それは魂の絶叫だった。

いつも河原で叫んでいたものとはまるで違う。これこそ、私が叫びたかったこと。

この学校にいる人たち全員に届くように、私はここにいるって。私は一人じゃないって。私はここで歌ってるって。私はここで、青春してるって。

「聴いてください、『ノベルライト』！」

「はぁ、はぁ……」

二曲目を歌い終えると、私は真っ先に、逃げるようにステージを下りた。そのまま地面にバタンキューと倒れこんだ。

暑い。汗だく。息切れがして、喉が痛い。耳がキーン。絶対明日、筋肉痛。

「お疲れ、青春」

「ひゃっ！」

京子が私の頰に、冷えたペットボトルを当ててくる。

「すごかったですよ、青春さん」

「ああ、楽しかったぁ」

ツインテールのウィッグを外したメイド服の和馬くんと、少しだけ髪が乱れている明日香先輩が、仰向けで死にかけている私を見下ろしてくる。

三人とも汗だくで、表情には達成感が滲み出ていた。

少女ガガガの初ライブは終わった。

「心のページ」と「ノベルライト」。

今日歌った二曲は、私と京子が出会うきっかけになったガガガ文庫とガガガSPのコラボ曲だった。このライブで歌うのはこれしかないって、満場一致で決まった。

「どうだった……？」

私は「ノベルライト」を歌っている途中から、完全に記憶が途切れていた。やりきった感はあるけど、自分が自分じゃなかったみたい。パンクの亡霊にでも取り憑かれていたのかも？

「観客、一〇〇人集まった？」

ライブの目的を思い出し、倒れたままみんなに聞く。

すると、みんなの表情が一瞬曇った。

「わからない。最初からはずいぶん増えたと思うけどぉ……」

「僕も演奏に必死で、数えることはできなかったんですけど、一〇〇人いったかどうかは……」

明日香先輩と和馬くんが不安そうな表情で、状況を教えてくれる。

達成感と、観客一〇〇人を集めることはまた別の問題だった。

かな……。

「そっか……」

みんなの反応から一〇〇人は微妙なラインらしく、手放しでは喜べそうにはなかった。

やっぱりそんなに甘くなかったのかな。みんな、体育館の吹奏楽部の演奏を観に行ってたのかな……。

私はゆっくり起き上がろうとすると、京子が手を貸してくれる。

「けど、やりきったよね。みんなの演奏も練習よりもすごくよかったし、青春のＭＣもエモかったし。あとは結果を待つだけだね……」

そう言う京子もいつもの笑顔が固く、そわそわしているようだった。

「そうだね……」

ステージの脇からグラウンドを見ると、すでに生徒たちは少なくなっている。

まだ何も決まっていないけれど、ライブの達成感よりも結果が怖くて自然と無言になる。

何もできずに立ちすくんでいると、ザッザッと妙な足音が近づいてきた。

「お疲れさま」

白衣を風になびかせながら現れたのは長田先生だった。

「見させてもらったよ」

集まった観客の数は長田先生が数えているはずだった。

果たして一〇〇人集まったかどうか、その結果を伝えに来たということは四人ともわかっていた。

まもなく結果が下されるのだと思うと、不安で胸が押しつぶされそうになる。

「……どうでしたか？」

京子が長田先生の前に立ち、真剣な顔で結果を確認する。自信満々だった京子も、やはり不安が隠せないようだった。

「ああ。きちんと観客の数は数えさせてもらった」

長田先生は深刻な口ぶりで、誰もいないステージのほうに目を向ける。

これは悪い報告が来るんじゃないかと、私は覚悟した。

やっぱり一〇〇人は——。

「……条件は、達成だ」

「え……？」

最初に私が、声にならない声で反応する。

「先生、なんて言いました？　た、達成って……？」

京子も驚いて聞き返す。

「一〇〇人集まっているのを確認したと言っている」

長田先生はもう一度、私たちの顔を見回してゆっくりと伝える。

すぐには理解できなかったのは、私も京子も、和馬くんも明日香先輩も同じようだった。

四人で顔を見合わせ、さっきまでの不安が次第に歓喜に変わっていくのを実感する。

それって、もしかして……。

「じゃあ、軽音部は……」

ようやく長田先生の言葉を呑み込めた京子は、最後の確認をする。

「軽音部の設立を、許可する」

長田先生は腕を組み、表情一つ変えずに宣言した。

ついに軽音部を認めてくれた！

「やったー！」

「よかったぁ！」

私たちは輪になってハイタッチを繰り返す。

よかった、本当によかった！　私は泣きそうになって、ごしごしと目元を拭う。

「あとでもう一度、申請書を持ってきなさい」

「まずは第一歩だね！」

一番喜んでいるのは、当然京子。腕がちぎれるよってくらいガッツポーズをしている。

そして私も控えめにこぶしを握った。

「よかったね。おめでとう……」

「ありがと。青春のおかげだよ。本当に、ありがとう」

京子に両手を握られて、私も感極まって胸の奥がきゅるきゅるする。

私はあくまでこのライブを成功させるためだけにボーカルを引き受けた。軽音部には所属できないので、これでお役御免。

心から祝福するし嬉しいけど、これで私のバンド活動が終わりかと思うとちょっと寂しい気もする。

「次は青春の番だよ。この流れに乗ってラノベ部も認めてもらおう！」

「うん。そうだね」

そう、私にはまだやるべきことが残っていた。

京子の助けになれたことはとても嬉しいけど、私もラノベ部を作らなきゃいけない。それこそ私が青春を取り戻すための第一歩なんだから。

「ラノベ部のほうは、あと三時間か」

長田先生が腕時計を確認する。

確かに条件的には私のほうが厳しいんだけど、まだ時間はある。ラノベさえ売れれば、部員も勧誘しやすくなるし。

「よし、図書室に行こう」

軽音部の設立を成し遂げた京子が、今度は私に協力してくれるという。

「今ごろお客さんが殺到してるかもしれないよ？」

明日香先輩は明るい状況を浮かべてくれるが、そうあってほしい。

「僕も売り子をします！」

メイドコスプレのまま和馬くんもやる気満々。その格好で売り子したら、もうコミケだよ？

「みんな、ありがとう……」

私たちはライブの達成感も疲れも忘れて、図書室へと走った。

午前中にどれだけ売れているか、期待と不安が入り交じる。半分くらい売れていれば、なんとか間に合うかも？

ちらっと時計を見ると、午後一時半。タイムリミットの文化祭終了まで、あと三時間――。


校舎に入ると、各クラスの出し物や発表で混雑していた。

お化け屋敷やファッションショー、カフェなど、各教室で様々な出し物が開かれており、廊下にまで生徒たちが溢れている。

人混みをかき分け、私たち四人は文芸部の即売会をやっている図書室へ走った。

「ライブ観たよー」

「少女ガガガだ」

「久しぶりに暴れた！」

すれ違う生徒たちも興奮気味で話しかけてくれる。少女ガガガの知名度は、さっきのライブで学校中に知れ渡ったみたい。

しかし根本的に陰キャに変わりはないので、半笑いでそのまま素通りするんですけど。

「これから図書室で青春（あおはる）の書いたラノベを売るから、よかったら来てね」

私がスルーしていたら、京子（きょうこ）がすかさず私の本の宣伝をしてくれた。

「少女ガガガを観てくれた人に青春の本も買ってもらえたら一石二鳥だもんね」

階段を三階まで上がって廊下の突き当たり。図書室に近づくにつれ、だんだん生徒が少なくなっていく。

「漫画研究部・文芸部即売会」と書かれた看板が貼られている図書室のドアを開けると。

「あ、早乙女（さおとめ）さん」

図書室にいたのは漫研の山田（やまだ）部長、ただ一人だった。

「あ……」

朝に机に並べた自分の本を確認すると、ぱっと見でほとんど売れていないのがわかるくらいに山積みのまま。

私はライブで興奮して赤くなっていた顔が、冷や水をかけられたみたいに一気に青ざめてきた。

「あの、青春の本、どれくらい売れたんですか？」

自分の本の前で真っ青な私を押しのけ、京子が山田部長に聞く。

「三冊ね。うち一冊は私が買ったんだけど」

「さ……」

それを聞いて私は眩暈がした。一〇〇冊売らなきゃいけないのに、現時点で三冊？

「三冊でも多いほうだよ。私のマンガなんて一冊も売れてないし。ここ、立地が悪いの。見てのとおり図書室は校舎の一番端だし、わざわざ漫研の即売会のためだけに来る生徒はほとんどいないんだよ。一〇〇冊は無謀だったかもね」

山田部長は申し訳なさそうに首を傾げた。

私は山積みになったままの本に、そっと手を置いた。ひんやりとした表紙の感触に、やる気が吸い取られていくようだった。

「そっか……」

でも、やることはやった。今までの私なら、本を一冊書ききることもできなかったはずだし。ここまでやれたのも、みんながいてくれたから。

「青春、まだ諦めるのは早いよ」

わかりやすく落ち込む私の肩に手を置き、京子が見つめてくる。

「誰も来ないんなら、あたしたちが連れてくるよ」

「そうしましょう。僕、宣伝してきます」

「私も呼び込みをしてくる。友だちはいないけど、なんとかする！」

和馬くんと明日香先輩が図書室から飛び出していく。

「青春はここで本を買いに来てくれた人を直接ラノベ部に勧誘して。部員もまだ見つかってないんでしょ？　あたしもできるだけ呼んでくるから」

諦めていたのは私だけだった。

「簡単に叶わない夢だからこそ、必死で追えるんだよ。今度はあたしが青春に協力する番だから。任せて！」

そう言い残し、京子も部屋から出ていった。

「いい友だちじゃない。いいなぁ」

山田部長は京子たちを見送りながら、ぽつりとつぶやく。

「はい。みんな大好きな友だちです」

そして、タイムリミットは刻一刻と迫る――。


午後四時半。

「時間だ」

図書室にやってきた長田先生は、売れ残った私の本を見て厳かに言った。

「残念だったな、早乙女」

時間切れ。私の本はまだ山積みのままだった。

戻ってきた和馬くんと明日香先輩も口をつぐんでいるが、これがどういう結果になるのかは理解しているはずだった。

「二十三冊、か」

長田先生は売り上げた冊数を数え、顔を上げた。

午前中は三冊しか売れなかったのに、みんなのおかげでお客さんも一気に増えた。だけど最終的に売れたのは二十三冊。目標の一〇〇冊には、到底及びもしなかった。

「条件の一〇〇冊には届かなかった。ラノベ部は、認められん」

長田先生の言葉は、私にとっては死刑宣告のようなものだった。

目の前が真っ暗になる。足が床に沈んでいくような感覚で、動けなくなる。

「青春！　どう……、だった？」

最後に遅れて京子が図書室に戻ってきた。

すぐにその重苦しい空気を察し、大きく息を吐く。

「……そっか」

「そういうことだ。そもそも部員も早乙女一人だけだ。どちらにしろ、ラノベ部は認められなかった」

長田先生は白衣のポケットに手を入れたまま、残酷な現実を突きつけてくる。

本を買ってくれた生徒を勧誘したけど、最後まで入ってもいいという生徒は現れなかった。どっちみち、ラノベ部を作ることはできなかったんだ。

「みんな、ありがとう。本当に」

か細い声で感謝を伝え、頭を下げる。膝が少し震えていた。

天国から地獄とはこういうことなんだろうね。でもラノベ部という夢は叶わなかったけど、悔いはない。

ライブでボーカルをすることもできた。

ラノベを自分で一冊書ききることもできた。

信じられないような出来事を経験し、あんなに恨んでいた青春を突き進むことができたんだ。

一人じゃ、ここまで来ることはできなかった。これで十分だよ。

夢が叶わなくても、私は青春を取り戻すことはできたと思う。また次の夢を探すことができるよ……。

「青春、まだだよ。まだ終わってない。顔を上げて」

「ふぇ?」

京子の言葉に顔を上げると、いつの間にか溢(あふ)れ出ていた涙がこぼれた。

「下を向くのはまだ早いよ、前を向こう」

「でも……」

ぐちゃぐちゃの情けない顔のまま、京子に言われたとおり前を見る。

私の前にいたのは、京子。そして和馬くんと明日香先輩。

これまで青春を一緒に歩んできた、友だちがいる。

「ラノベ部を作るために協力するって言ったでしょ？　約束したよね？」

「京子はずっと協力してくれたよ。背中を押してくれたし、私に新しい景色を見せてくれた。でも、ラノベは売れなかったし、部員も見つけられなかったのは私の責任だよ」

ずずっと鼻をすすると、後悔の味がした。

もっとできたんじゃないかって。もっとがんばれたんじゃないかって。

「青春の責任じゃないよ。もう一人にさせないから」

京子は泣いている私に向かってウインクをする。

そんなこと言われると、また涙が出てきちゃった。

私だってみんなと喜びたかったもん。やっぱり、失敗よりも成功したかったよ。

「というわけで長田先生、これ。部設立の申請書。あらためてお願いします」

京子が鞄から一枚の書類を取り出し、長田先生に差し出した。

いきなりのことで私は唖然としながらその行動を見ていた。

だけど軽音部が正式に認められる瞬間だ。泣いてちゃおめでとうも言えないやと涙を拭いていると、書類を受け取った長田先生の眉がぴくりと動いた。

「ラノベ・ミュージック部……？」

長田先生が書類を見て、怪訝な声を出す。

「京子、どういうこと？」

軽音部じゃないの？　ラノベ・ミュージック部って……？

そんな困惑する私たちを尻目に、京子はにやりと白い歯を見せた。

「軽音部あらため、ラノベ・ミュージック部を申請したいと思います。活動はラノベと軽音楽の探求です。部員はこの四人。文句はないですよね？」

「え、え？」

和馬くんと明日香先輩を見ると、二人も揃ってぶんぶんと首を横に振る。

「田中、ふざけるのも大概にしろ。軽音部の設立を認めるとは言ったが、ラノベ・ミュージック部は……」

「認められないっていうんですか？　でも部員は四人いるし、活動内容もほかのクラブとはまったくかぶってないですよ？　パンクバンドを組んでコンクールを目指しつつ、ラノベも普及して、お互い影響を受けていくハイブリッドなクラブですから。他にそんなクラブ、ないですよね？」

なんと京子は軽音部ではなく、そしてラノベ部でもない新しいクラブの申請をしてしまった。

それが──。

「ラノベ・ミュージック部……？」

私も寝耳に水で、顔面の涙を手で拭う。

「そう。初めて会ったとき、約束したもんね？　お互いの目標が達成できるように協力しようって。私の夢だけ叶えても仕方ないの。青春のおかげでバンドメンバーが見つかったし、こうやってライブもできた。ずっと一緒だよ」

よしよしと頭を撫でられ、私はぽかんと口を開ける。

「和馬も明日香先輩も、事後報告になっちゃったけど大丈夫そ？　バンドを組むってことに変わりはないけど、ラノベもみんなで読んでいくみたいな？」

京子が軽音部の部員兼少女ガガガのメンバーである二人にも、事後報告をする。

「もちろんです！　青春さんにラノベを借りて、これから読もうと思ってたところですから」

メイド服で男子には見えない和馬くんは了承してくれた。

「私も望むところよ。青春ちゃんにはオタクでもパンクでも負けるわけにはいかないからね」

明日香先輩も満足げな表情で、親指を立てた。

「青春も、いいね？」

「ということは、私も少女ガガガのボーカルを……？」

「もっちろん。あんなエモいステージ見せられて、続けてもらわなきゃ困るよ」

京子はにかっと笑って、ぎゅっと私を抱きしめる。

「青春は最高のパンクボーカルだよ」

「京子ぉ……」

軽音部とラノベ部を目指していた私たち、なんとここにラノベ・ミュージック部を結成することになった。

ラノベとパンク。こんなに無敵な組み合わせ、他にある？　最高のコラボだよね？

何も終わらない。これからもすべて続けていけるんだ……。

ラノベ・ミュージック部の設立を嚙みしめていると、長田先生は白衣のポケットに手を突っ込んで私たちを見つめていた。

すると京子が、長田先生に近づく。

「あれ、長田先生だったんですよね。私が小学生のときに見た、文化祭のライブのボーカル」

京子がパンクを好きになったきっかけは、元高の文化祭で見たバンドだって言ってたけど……。

それが長田先生だったってこと？

「この間、お姉ちゃんに卒業アルバムを見せてもらいました。そのとき組んでいたバンドで、そのまま大学に行ってデビューまでしたのに、どうして……」

どうして解散したのか、京子はそう聞こうとしているみたいだった。

「……バンドの解散の理由を聞きたいのか?」

長田先生は窓からグラウンドのステージを見下ろしながら、懐かしむように目を細めた。

今までみたいに、私たちの話を聞く耳も持たないといった横暴さは見えなかった。

「メンバーで同じ夢が見られなくなったからだろうな……」

その声は無念さがにじみ出ていた。

きっといろいろあったんだろう。バンドの絆がなくなったのかなと、私は勝手に推測する。

「あたしが今ここにいるのは、長田先生のおかげだったんです。あのとき歌ってた曲、覚えてますよね?」

「……ああ。ガガガSPの『青春時代』だったな」

窓ガラスに映る長田先生の顔が、一瞬ほほ笑んだように見えた。

京子と長田先生も、ガガガがきっかけで出会っていたなんて……。これも運命?

「私たちのバンドが卒業すると同時に部員がいなくなり、軽音部は廃部となった。……たった今、復活したがね」

くるんと振り返り、私たちをゆっくり見渡す長田先生。

その目は今までの氷のような冷たい目ではなく、後輩を思いやる温かいものになっていた。

「今度はあたしたちが、ラノベ・ミュージック部として軽音部の魂を守っていきます。ありがとうございました!」

京子が長田先生にお礼を言うと、私たちメンバー三人も合わせて頭を下げた。

「私にも、君たちのように一緒に夢を追ってくれる仲間がいたらよかったんだがな。羨ましいよ……」

ぽつりとつぶやく長田先生。私は聞いてしまった。

先生もバンドを解散したことを後悔してるんだろう。だから簡単に夢とか言う私たちの本気を試したのかな？　諦める辛さを知っているから……。

長田先生は自分の経験から、私たちのことをすごく考えていてくれたのかもしれない。

「あ、先生……？」

「どうした、早乙女？」

私も勇気をふり絞って、長田先生に気になっていたことを聞くことにした。

「先生は私たちのことを思って、ライブで一〇〇人集めろっていう条件を出してくれたんですよね？　私たちが本気になれるように、背中を押して……」

「ふん。中途半端な気持ちで、私の思い出の軽音部を復活させてほしくなかっただけだ」

図星だったのか、塩対応のキャラを守りたかったのか。長田先生は再び後ろを向いて窓の外を眺めた。

「あ、ありがとうございました……」

その背中に、私はもう一度お礼を言う。

「礼を言われる筋合いはない。君たちは私の期待に応えただけだ」

首だけ小さく振り向き、その言葉とは裏腹にギリッと私を睨む長田先生。

や、やっぱりこわい……。

「ふふふ、まあがんばりたまえ。これは君たちが勝ち取った結果だ」

長田先生は笑いながら、図書室から出て行った。

「ラノベ・ミュージック部、略してラノ音部っていうのはどう？」

「いいと思います。それもかっこいいですね」

明日香先輩と和馬くんが、さっそく略称を考えている。

文化祭が終わり、祭りのあとの侘しさなんてどこへやらだ。

「また四人一緒に活動できるんだね……」

私がしみじみ、心の底から安堵と歓喜の混ざった声を出す。

「だね。ずっと一緒だよ」

京子も白い歯を見せて笑う。

やっぱり今日がゴールなんかじゃなくスタートになったんだ。無理やり何かを卒業する必要もない。すべては自分次第。

諦めも、挫折も、別れもいらない。

前を向けば、すぐそこにみんながいるから！

「あれやろうよ。ライブの成功と、ラノ音部のスタートを祈願して」

「あれは何回やってもいいものね」

「京子さん、お願いします！」

私たちは円陣を組み、右手を中央で重ね合った。

「……いくよ？」

京子がぐるりと部員兼バンドメンバーを見回す。

「少女！」

「「ガガガ！」」

私たちの青春はもっと大きな夢に向かって続いていく。

突き上げた拳は、まだ見えない未来への約束。もう青春なんていらないなんて言わない。

誰が何と言おうと、私が青春なんだ！

祭りのあとの夕暮れはエンドロールのようだ。

始まったものはいつか終わる。ただ終わることは決してネガティブなことじゃないはずだ。

今日の夕焼けは、もう私たちの心を迷わせない。

「これ、どんな話なの？」

文化祭が終わり、帰り道。隣で京子が私の本を見つめている。ラノベの表紙というにはシンプルすぎる、ただそのタイトルと私の名前だけが書かれているだけの本。

『ノベルライト』

この小説のタイトルは、ガガガSPとガガガ文庫のコラボ曲から拝借した。私たち少女ガガガでも演奏したし、私と京子が出会ったきっかけになった曲。

「ぼっちの少女が、青春を取り戻そうとする話」

「どっかで聞いた話だね？」

「そう？」

私は鼻をかいて、とぼけてみる。

京子も知らないふりをしてくれる。

「この『ノベルライト』は序章みたいなものなの。短編だしね。まだまだこの続きを書いていかなくちゃって思ってるの。私のライフワークになるんだ」

「作家みたいなこと言うじゃん」

「でしょ？　私はこれから前を向いていくことに決めたんだ。ネガティブは卒業」

びしっと前を指さし、全力で作ったドヤ顔を上げた。

「ひゃっ！」

その瞬間、躓(つまず)いて転びかける。もう、大事なところで私の運動神経！

「危ないなー。慣れないことするから」

そう言うと、京子は出来の悪い子を見守るような優しい笑みを浮かべた。

これまでのネガティブな自分をすべて否定するわけじゃない。

アイドルを目指してたことも、名前をこじらせたのも、ぼっちになったのも、すべての過去があって今の私があるんだから。

「文化祭は終わったけど、明日からラノベ・ミュージック部が始まるわけだからね」

「そうだよ。何も終わらないよ。ずっと続いていくの」

この目の前の道がずっと続いていくように。

ぼっちの少女が大切な友だちと出会って取り戻した青春も、まだ始まったばかり。

きっとどこまでも、ガガガッと青春は続いていくんだ！

了

あとがき

初めまして、もしくはお久しぶりです。ハマカズシでございます。

ガガガ文庫とガガガSP（スペシャル）のコラボ小説「ノベルライト」、お楽しみいただけたでしょうか？

ガガガSPの楽曲をテーマにして小説が書けるなんて、二十年前の自分に言ってもきっと信じてくれないことでしょう。あの頃の俺よ、迷わずそのまま小説家を目指しなさい。


さて、とにもかくにも謝辞を。

まずはこのコラボ小説を快託くださったガガガSPのメンバーの皆様。関係者の皆様。本当にありがとうございました。ガガガSPには、これまでの人生で何度も何度も勇気づけられてきました。いつまでも青春は終わらないと教えられ、現在に至ります。このコラボに携わることができて幸せです。またライブ行きます！

ガガガ作家の皆様。ガガガ文庫の作品からもいろいろコラボさせていただきました。今後ともよろしくお願いいたします。ありがとうございました。

ねめ猫⑥様。タイトなスケジュールの中、素敵なイラストを描いていただき感謝感激です。イラストが届くたびに、エモすぎて心躍っておりました。ありがとうございました。

ガガガ文庫編集部および、この作品の出版に関わってくださった皆様。担当編集の渡部様とは、これが最初の仕事となりました。至らない点ばかりでずいぶんとお世話をかけました。ありがとうございました。

そして、この作品を読んでいただいたすべての皆様。心から感謝申し上げます。

ガガガ文庫ファンの方々におきましては、作品の中にちりばめられたガガガ文庫ネタを見つけながら、楽しんでください。そしてこの本をきっかけに、ガガガSPの楽曲も聴いてもらえればと思います。ライブハウスへもぜひ行ってみてください。

ガガガSPファンの方々の中には、初めてライトノベルを読んだという方もいらっしゃることでしょう。ガガガ文庫にはもっともっと面白く、ワクワクするような、そして青春時代を駆け抜けるような作品がたくさんありますので、ぜひ手にとってもらえれば幸いです。

ライトノベルと青春パンク。このコラボが皆さまの新しい扉を開くきっかけになることを願っております。本当にありがとうございました！


では、またどこかでお会いできることを楽しみにしております。

きっと青春（あおはる）と京子（きょうこ）の青春も、まだまだ続いていくはずですから。

青春はいつまでもガガガと共に！

COMMENT

青春は終わる様で
終わらない!!
コザック前田

自分たちの曲が
小説になるなんて
ギター山本

〈構成員〉コザック前田／山本 聡／田嶋 悟士／桑原 康伸

［ＳＰコメント］

青春パンクはつづく!!

ベース　桑原康伸

直球　青春パンク

ドラム　岡嶋

ガガガSP

SPECIAL THANKS・・・

ガガガSP

構成員

コザック前田 様　山本 聡 様
桑原 康伸 様　田嶋 悟士 様

企画協力・・・

> 裕夢 様　> ぽんかん⑧ 様　> 水沢 夢 様
> 水田 陽 様　> 呂暇 郁夫 様　> 渡 航 様
> イラストレーター　ねめ猫⑥ 様
> AFTERGLOW　清澤 奈央 様　堀田 将信 様
> LD&K　中上 祥子 様　三木 要 様
> 宣伝　熊谷 友希 様

他、本企画の実現にご尽力頂いた全ての皆様と、日頃からガガガを支えて頂いているファンの皆様に厚く御礼申し上げます。

GAGAGA
ガガガ文庫

ノベルライト 文系女子(ラノベガール)、ときどき絶叫女子(パンクガール)。

ハマカズシ

発行 2024年2月24日 初版第1刷発行

発行人 鳥光 裕

編集人 星野博規

編集 渡部 純

発行所 株式会社小学館
〒101-8001 東京都千代田区一ツ橋2-3-1
[編集]03-3230-9343 [販売]03-5281-3556

カバー印刷 株式会社美松堂

印刷・製本 図書印刷株式会社

Printed in Japan ISBN978-4-09-453175-6